앤디 워홀 詩 365

인지

초판 인쇄 | 2014년 4월 25일
초판 발행 | 2014년 4월 30일
지은이 | 강만수
펴낸곳 | 황금두뇌
펴낸이 | 이은숙
주소 | 서울시 강북구 수유동 461-12
전화 | 02)987-4572
팩스 | 02)987-4573
등록 | 99. 12. 3 제 9-00063호

ISBN 978-89-93162-29-5 03810

강만수
시집

앤디워홀
詩(시) 365

그림_김영식

시인의 말

어느 날 내 심장 안으로 퀭한 눈빛의 사내가 예고도 없이 불쑥 들어왔다. 머릿속에서 환하게 불이 켜졌다.

그의 이름은 미국의 화가이자 영화제작자이며 팝 아트의 선구자인 앤디 워홀.

그가 자신의 생각을 두려움 없이 실현한 그림공장처럼 나역시 시 공장을 불철주야로 가동.

「앤디 워홀 詩 365」라는 상품명이 붙은 제품을 무제한 생산할 수는 없는 걸까.

내 안에서 뜨겁게 움직이고 있는 온갖 사물들을 원재료로 뼈대를 세우고 살을 붙여 호흡을 불어넣으며, 망설임 없이 생산에 들어가게 됐다.

이번에 세상에 내놓게 될 시집은 나의 여덟 번째 작품집이다.

보통 시집을 묶을 때 시인들은 기 발표작과 신작을 80 : 20

비율로 60~80편 정도로 안배한다.

그러나 이번 시집은 미발표 신작 365편으로 나름 변별성을
주기 위해 노력했다.

팔딱이는 신선함에 독특한 감수성과 상상력을 담은 시집을
예정대로 준공했다고 믿어 의심치 않으며.

시를 통해 내 안에서 울리는 들리지 않는 소리를 들었고.

현실의 답답함을 뚫을 수 있는 감을 잡았다.

그 방법은 그 누구도 아닌 자신 안에서 늘 꿈꾸고 끝없이 갱
신하며 길을 찾아야 한다는 깨우침.

구성은 7부로 나눴으며 일 년을 기준으로 독자들에게 하루
에 한 편씩 시를 배달한다는 의미이다.

어려운 삶의 현실 앞에서 이 땅의 모든 이들이 시를 읽고 시
속에서 잠시 쉴 수 있길 바라며.

가볍지 않은, 그러나 결코 무겁지만도 않은 삶이란 길 위에

서 결단코 생동감을 잃지 않기 위해.

　몇 줄 안 되는 짧은 글이라도 스스로 읽고 써보며 군더더기 없는 사유를 시라는 그릇에 담아보길 권한다.

　하루에 한 번이라도 시를 생각하고 읽어 내면적으로 풍성한 삶을 가꿨으면 하는 작은 바람 때문이다.

　물론 강호의 독자 여러분들이 외면하신다면 이 시 한 편 한 편으로 나는 일 년 열두 달 365일을

　화장실에서 밑을 닦는 휴지로나 쓸 생각이다.

2014년 초봄에

여산제에서　강만수

차례

7부

시공장 공장장의 광기(狂氣)와 집념(執念) ─ 고정욱

쩌거덕쩌거덕 라일락 산수유
진달래 봄꽃 공장에서
벨트컨베이어 위 생산돼 나오는
작찬 봄꽃들을 바라보다

분홍빛에 노란빛과 푸른빛 풀
어 채색한　그 빛깔에

1부

등용문

1

잉어문학 악어문학 원숭이문학 귀비문학 황비문학
왕자문학
　태상왕문학 미인문학 소나무문학

　안경문학 흑염소문학 웅담문학 콧구멍문학 만두문학
냉면문학
　벽창호문학 얼간이문학 사랑문학

　이 문을 통과한 황룡과 청룡들은 어디에
　그 어딘가로 날아가고

　개천엔 이무기도 못된 송사리와 미꾸라지들만 마구
설치는 걸까

시간 축지법

2

먼 길을 간다 내리지도 않은
두 시간 뒤에나 내릴

무거운 시간 당겨 눈을 내리밟는다

눈 밟고 조심조심 걸으면
그 위에 발자국 선명하게 찍힐

두 시간 혹은 세 시간 뒤 내릴
내리지도 않은 함박눈

시간을 앞당겨 도두밟는다

수북하게 쌓인 눈 밟고 걸음을 재촉하면
앞에 가는 낯익은 이

눈 깜짝할 사이에 시간을 앞서간 바로 나였다

황금빛 잉어

3

꼬리지느러미 세차게 흔들며
가슴지느러미 허우적허우적 하늘에 올라

時가 된 황금잉어
時를 읽다 天時를 읽은

금빛 잉어가 붉은 노을에 비늘을 번득일 때
새끼손가락 끝으로 時를 꾹 누르면
한 그루 나무 네 마리 새

세 그루 나무 일곱 마리 새

나무 위에 앉아 時를 쪼고 있는
삼만 칠천 잎들을 등에 지고 서 있는

새가 보인다
아니 天時를 오르내리던 한 마리 용

생각을 씹었다

4

생간을 씹었다
우시장 한쪽에서 피가 뚝뚝 흐르는

생간을 씹다 혓바닥을 씹었다

간을 씹다보니
붉은 핏덩이 닮은 꽃잎들 피를 투욱 툭 흘리는

어느 새 봄이다 그 상처를 헤집으며

생간을 씹었다 아니 생각을 씹다

혓바닥을 씹은 걸까 입 안에 흥건한 피

시붉은 피를 뱉어내며
도심 빌딩 숲 사이로 지는 해

몸 안에 받아들이며 씹었다 그 빛까지도

앤디 워홀

쩌거덕쩌거덕 라일락 산수유 진달래 봄꽃 공장에서
벨트컨베이어 위 생산돼 나오는 작찬 봄꽃들을 바라보다

분홍빛에 노란빛과 푸른빛 풀어 채색한
그 색에 따라 향이 달라지는 빛깔을 본 뒤

봄날 제작 공정표에 따라 꽃대를 밀어 올리는

코끝을 후벼 파는 진한 향 봄날 표 향수를 생산하면
겨드랑이와 목덜미에 칙칙 뿌려본다

봄이 찍어내는 은은한 그 향을 뿌리면
온 산이 온몸이 꽃향내에 젖어드는 봄이다

저 봄을 무제한 복제해 시장에 내다 팔아야겠다.
돈을 만드는 것이 예술이라고 한 앤디 워홀처럼

무진장한 새봄을 사업 밑천 삼아 최고의 예술을 실현
하리라

잠에 빠진 여자

6

그 여자 백동전 같은
새벽을 허겁지겁 삼켰다
그 여자 찌그러진 동전 같은 한낮을 꿀꺽 삼켰다

그 여자 구리동전 닮은
노을을 집어 삼켰다
그 여자 어둡고도 으스스한 밤을 마지못해 삼켰다

그 여자 잠이란 거대한 구멍에 빠진 걸까
코고는 소리만 들린다

잠꼬대와 함께

어떤 불편함

못에서 대가리를 떼어내면

대머리에서 가발을 벗겨내면

주전자에서 손잡이를 제거하면

컴퓨터에서 키보드를 떼어내면
어떨까

크 크 크
헤어진 부부가 우연히 조우한 것처럼

불편하겠지?

고등어 평전

8

꼬리가 휜 고등어는 바다에서 눈알을 번득이며 그들 무리 속으로 들어갔다
홍명은 얼마나 깊은 걸까

육지에서 먼 곳까지 헤엄을 쳤다 아주 먼 먼 거리 거해까지 누비고 다닌 걸까

하지만 고등어는 철썩이는 파도를 피해 심해 속으로 깊이 잠수해 멀리까지도 빛을 발하는
저희들 무리의 등지느러미를 봤을 뿐이다

그러다 그렇게 대해 속을 몰려다니는 무리 속에서 또 다른 한 마리 고등어에게
무슨 연유로 눈길이 간 건지

오랜 시간이 흐른 지금 이 순간에도 잘 모른다고 말할 수밖에 없다
묘한 매력을 발하던 고등어를 향한 열정으로 인해 강하게 집착을 느껴

그때 이후부터 지금까지 그 고등어를 바라보며
일 분에서 십 분 삼십 분이 쌓여 삼사 십 시간이 훌떡
지나간다

생의 한순간이 흘러가고 있다 그랬다 빛과 그림자가
지나가는 줄도 모른 채
고등어를 응시한다

너는 누구냐 내 곁을 쏜살같이 지나가는 샐쭉한 고등
어에게 물었다

고등어가 무엇인지 고등어에게 묻지 않을 수 없었다
그러나 고등어는 자신도 고등어에 대해

자신이 고등어지만 고등어를 모른다고 고등어에 대
해 말했다

무리의 삶에 대해 모르는 안다고 말하지 못하는
고등어에게 또다시 등 푸른 고등어에 대해 어느 날

묻지 않을 수 없었다

　말이 없는 고등어 질문에 대해 제대로 된 답을 주지
못하는
　시선을 다른 곳으로 돌린 채 앞을 향해 돌진해 나가
는 고등어는

　더욱 더 깊은 심해로 끝없는 잠수를 하려는 걸까
　정오 무렵에 하해를 떠났다고 해도

　시간을 거슬러 올라가게 되면 그들 무리가 원하는 바
다에 늦은 저녁엔 도착한다고 했다
　남쪽 대영은 끝이 없다고 생각하지만

　북쪽 바다를 생각하게 되면 그곳엔 동서남북 방향으
로 툭 터진 대양이 있나니

게르니카

9

입술에서 저 입술로 꽃술에서 저 꽃술로

고혹적인 입술을 찾아 새침한 꽃술을 찾아

밤마다 술집 게르니카에서 술을 퍼 마시며

입술과 꽃술에 빠져 지냈다

그러다 어느 순간 벗어나고 싶었다

입술과 꽃술 그 깊은 늪으로부터

허무함을 견딜 방법은 무얼까

왕벚나무 폭탄

⑩

나무들은 저마다 스스로를 마구 흔들려는 마음이 있
는 걸까

오래 전 가슴속 깊이 감춰두었던
크루즈 미사일과 대륙간탄도미사일을 왕벚나무에 장착해

이 밤에 수천수만 발의 미사일을 마당 앞에다 터뜨리
고 싶다
일초 이초 아니 삼초 간격으로 그간 잊고 지냈던

결창 터지게 가슴을 답답하게 하는 엄청난 삶의 무게
까지도

그런 뒤 계단에 앉아 숨 쉴 틈도 주지 않고
문 앞에서 연이어 터지는 꽃잎 파편에 넋을 뺏긴 채

여기저기서 벚꽃나무와 목련나무 꽃잎들 여러 조각
으로 흩어져 나뒹구는
모습을 바라보고 싶다

계단에 앉아 온 몸이 벌집이 되도록 그 파편에 구멍
이 뚫리고 싶다

아니 이미 뻥 뚫렸다

파랗고 노란 세모 모자를 쓴 할아비

11

길가에 쪼그려 앉은 채 흙장난 하는 아이
하이힐 신고 재게 걷는 여자

생선 리어카를 끌고 있는 어깨에 힘이 잔뜩 들어간
할아비

그 모습들을 판화로 찍어내 유리창에 붙여놓고

몇 날 며칠을 집요하게 응시하다
작업실을 서성이다 눈이 시큰거리고 지루할 때면

눈이 없는 아이와 코가 없는 여자를 불러내고
한쪽 다리가 없는 아재와 귀가 없는 할아비를 불러내

파랗고 노란 세모 빨갛고 노란 네모 모자를 쓰게 한 뒤
점을 찍었다

찍을 때마다 점은 한 점 한 점 번지며 진진찰찰이랄까
점마다 새로운 세계를 만들어 내기에

미용사

12

가위를 들고 빨간 색종이를 잘랐다
파란 색종이를 잘랐다
노란 색종이를 잘랐다
초록 색종이를 잘랐다
남색 색종이를 잘랐다
보라색 색종이를 잘랐다

잘랐다 머리카락과 색종이를 자를
때처럼 잘랐다

자르고 있다
앞으로도 자를 것이다

가위를 들고 자르게 될 것이다
그에게 주어진 지루한 시간을

그는 잘라내고 있다

表情術

13

　열 가지 표정과 백 가지 표정 천 가지 표정에 만 가지
표정을 지닌
　사내와 계집이 있다

　일만 개 얼굴에서 천여 개 얼굴로 천 개의 얼굴에서
백여 개 얼굴
　백 개의 얼굴에서 열 개의 얼굴로 압축한 뒤

　열 개의 얼굴에서 백 개의 얼굴로 백여 개 얼굴에서
천여 개
　다시 일만 개로 얼굴 수를 무진장 늘린

　얼굴에서 얼굴이 증식되고 압축되어 어느 얼굴이 맨
처음 얼굴이며
　마지막 얼굴인지 분간이 되지 않는

　현대인은 그렇다 상황에 따라 다르게 바뀌는 여러 얼
굴들 속에서
　이번엔 어떤 얼굴을 그에게 내보여야 하는 걸까

매번 얼굴을 바꾸게 되면서도 도대체 가늠이 되지 않는
가장 진솔한 민얼굴

내일 모레쯤이면 볼 수 있을 건지 기다려보기로 한다
평생을 고대해도 판별될 것 같지 않은 그녀의 민낯

여자 역시 도대체 갈피를 잡을 수 없다고 한 남자 생얼
變瞼의 대가다

실수

14

나 자신이 한 어떤 일로 인해 실수가 생겼을 때
피하지도 말고 주눅 들지도 말자

실수가 많으면 많은 만큼 더욱 더 분발하게 된다

그러다 어느 순간
민낯으로 드러난 실수와의 마주침으로 인해

깊은 성찰 뒤 잘못을 고치고
내가 원하는 길을 스스로 찾아내 가게 된다

다른 이들과 비교 하지 말고

내 영역을 넓히기 위해 끝없이 노력하게 되면
즐겁다고 받아들이게 된다

그럼 그 누가 뭐라고 해도 행복하다
행복한 사나이로 삶을 살 수 있다

숨비 소리

차가운 검은 눈동자 닮은

바다

잠수 그 일분 이분 뒤에
참았던 숨

검푸른 눈빛을 찢고

호잇 호오 잇 하며 뱉어내는
해녀들 숨소리

손바닥만 한 전복과 소라를 쥔
손에

많은 수확이 따랐으면

오리골 저수지

흙먼지 부옇게 날리는 비포장도로 길가 버스에서 내린 뒤

오리를 더 가게 되면 오리 모양으로 생긴 저수지
그곳에 있었다

아들 친구에겐 낚싯대 가방을 들게 한 뒤
아버지는 소아마비 아들을 업고 걸었다

마침내 도착한 저수지에서 낚싯대를 놨다
한 마리도 잡지 못하다

새벽 동틀 무렵쯤에서야 세 칸 낚싯대에 걸려든
입이 큰 메기

두 마리 세 마리 연신 아버지가 끌어올렸던
오리를 가게 되면 보인다는 저수지 오리를 더 가도 지
금은 없다

그 자리엔 아파트의 숲
당신과 내 기억 속에만 남은 오리골 저수지

목소리

17

포도 주스를 마셨다
그 순간 매미가 운다

그러다 핸드폰을 들었다

누군가와의 소통을 위해

눈을 감았다 질끈 눈을 감고
그와의 대화를 다시 시도해 보자

눈을 뜬 뒤에도
가슴속에서 흘러나오는 목소리

그 사람과 진정한 교감을 위해
할 수 있는 모든 걸 다 해보자

無聲無臭

물고기 한 마리 내 눈으로 들어왔다

한 마리 크낙새

내 왼쪽 가슴속으로 파고들었다

눈 속에서 물고기가 파닥인다

가슴속에선 새가 날갯짓 한다

그러나 물고기 움직임도

새소리도 들리지 않았다 전혀

오래 전 다친 귀로 인해

연주자

지붕 위 순간 팍 쏟아져 내리는

그 집 안방에다 세숫대야 받쳐 놓고

세계지도 그려진 천장,
누워서 바라본다.

양철 지붕 위를 세차게 때리던

드럼 연주자 같은 비

가위

20

검정고양이 한 마리 노란고양이 두 마리와 이빨을 드
러내며 으르렁 거린다
생선뼈를 앞에 놓고 서로 발톱으로 할퀴는 걸 바라보다

재건축 공사 현장 뒤에서 별일 아니란 생각에 발길을
재촉했다

고양이 세 마리 생선뼈를 앞에 놓고 다투는 소리 이
내 들리지 않는다
그 모습 보이지 않아 나는 슬그머니 내 옆구리를 긁
었다

검정고양이처럼 아니 노란고양이 같이 콧등을 쓰다
듬다 뒤통수와 앞가슴을 더듬었다

날씨가 매우 후텁지근하면서도 흐렸던 그날 나는 언
덕 위에서
온몸이 가려워지는 걸 느끼지도 못한 채 길을 내려가
고 있었다 답답한 마음으로

왜 언덕을 내려가야 하는 건지 그런 생각조차도 없이
가파른 길을 내려와

무거운 발걸음을 옮기고 있었다 세 마리 고양이 죽을
힘을 다해 싸우는 걸 외면한 뒤
길옆으로 슬쩍 비켜서서

상가 쪽으로 내려온 뒤 고양이 울음소리는 어디로
간 건지
누군가 큰 가위를 들고 그 울음소리를 자른 걸까

나는 오늘도 내게 주어진 삶의 한 부분을 싹둑 잘라
내고 있다

삼양시장

21

높은 언덕으로 이어진 시장에 서 있으면

좌판이 죽 늘어선 작은 골목길이 보이고

건물도 보이지만

북적이는 사람 속에서

사람 마음을 읽을 수 있는 현자는 보이지 않는다

한낮에 등이라도 들고 서 있어야 하는 걸까

다짐

22

어제도 웃었다
오늘도

내일 또한

앞으로도 계속

나는 웃을 것이다

웃을 일 없는 세상을 향해
웃을 것이다

기어코 웃고 말 것이다

우울한 삶을 걷어내기 위해

완고한 그늘

나는 그늘 뒤에서 배경이 된다
그늘이 되지 못한 채

나는 빵집 앞에서 배경이 된다
빵이 되지 못한 채

나는 틈새 뒤에서 배경이 된다
새가 되지 못한 채

나는 철학자 뒤에서 배경이 된다
철학을 알지도 못한 채

늘 뒤에서 서성이는
아웃사이더로

있다

24

망아지 속 망아지 있다
고양이 속 고양이 있다

인형 속에 인형이 있다

코끼리 속 코끼리 있다
원숭이 속 원숭이 있다

정치인 속엔 무언가 있다
그 속엔 시커먼 게 있다

동전을 넣게 되면 나오는
자판기 속엔 컵이 있듯이

발톱과 발가락

발톱으로 긁어본다
어둔 밤을

손톱으로도 긁어본다
먼 새벽을

발가락을 꼼지락거려본다
손가락도

빛이 보이는
아침을 향해

침대에 누워

참말로

26

말은 말인데
말이 아니라 하지 않고
소는 소인데 소가 아니라고 하지 않고

곰은 곰인데
곰이 아니라고 하지 않건만

사람들은 손자이면서도
손자가 아니라고
할아버지이면서도 할아비가 아니라고

아들이면서도 아들이 아니라고
강력하게 부인한다

그러다 생각했다
우리 모두는 지금 이 순간

아주 잠깐만이라도 정직해질 수는 없는 걸까
홍길동도 아버지를 아버지라 부르지 못했다

곰팡이

길을 걷다 벽에 핀
푸른 빛 곰팡이 꽃처럼

언제까지고
그렇게 살다 가고 싶다

아 황홀하게
푸르른 저 곰팡이의

습한 자유로

또 다른 구멍

28

네모난 구멍일까
혹은 세모난 구멍

다이아몬드 형 구멍일까

구멍을 바라보며
또 다른 구멍을 생각했다

태초에 내가 나온 구멍은
어디에 있는 걸까

구멍을 찾았다
이미 오래 전 닫힌

다시는 열리지 않을 구멍

미꾸라지

29

논바닥에 몇 마리 미꾸라지
손에 쥐려고 하면

미끈덩 빠져 나가는

아이들은 미꾸라지를 잡지 않았다
아니 잡을 수 없었다

그저 미꾸라지를 바라보기만 했다
논둑 위에 선 채로

그러나 내 먼 기억 속 미꾸라지는

오늘도 진흙 속을 파고든다

한 마리 청둥오리 미꾸라지를 낚아챈 찰나는
지워지지 않았다

날개

30

찢어진 날개에 매달려 날겠다며

저 푸르른 하늘을 향해
날고야 말겠다고

땅바닥에 떨어져서도 파닥거리던 배추흰나비처럼

국립재활원에서 반드시 일어서서 걷겠다고

일어서려다 주저앉는 이를 봤다

찢어진 날개로라도 날고야 말겠다며
스스로에게 채찍을 든 이

그 간절한 바람으로 인해
어느 순간 그는 혼자 날았다고 한다

홍수

31

중랑천 물이 치고 들어와

목구멍을 때린다

아니 콧구멍을

어릴 때 본 홍수처럼

오래 전 기억은
무언가 마구 뒤섞여 있다

생존

32

쉼표를 찍고 싶다고
쉼표를 찍기 위해

아니 마침표를

살아 있는 동안 그런 건 없다

그 사실을 잊은 그는
마무리를 위해

오늘도 동분서주 한다
길 위에서

파업

33

지루한 세상에 똥을 쌌다
똥구멍이 문드러질 때까지

괄약근에 힘을 주어

왜 내 똥은 굵게 나오지 않고

가늘고도 길게 나오는 걸까

한낮이다
그런데 휴지걸이에 휴지가 떨어졌다

눈빛을 번득이며 찾았지만
두루마리 휴지는 없었다

청소 노동자들이 파업이라도 결행한 걸까
화장실에서 나는 휴지기를 갖고 있다

처제

아토피성 피부염을 앓고 있는
처제가 팔 다리를 긁고 있다

피가 나도록 긁는다

새벽에도 자다가 깨어 일어나
가려움증을 견딜 수 없어 긁고 또 긁었다며

모기가 팔과 다리를 물어뜯은 것도 아닌데
눈물이 핑 돌아 나올 때까지

아무런 생각도 없이 긁고 또 긁어대다
편의점 아르바이트를 끝낸

건이가 방 안으로 들어온 것도 모른 채
사흘인지 나흘인지 밤낮을 잊고

온몸을 요즘도 여전히 긁어댄다는 그 말에
문득 技癢이란 말이 떠올랐다

사과

35

한 알의 사과 속에는 바람이 있다

한 알의 복숭아 속에는 구름이 있다

한 알의 포도 속에는 햇빛이 있다

그럼 사과와 복숭아 포도 사이엔
무엇이 있을까

그 간극엔 한순간도 굴복하지 않는
生의 실타래를 감을

영원에의 의지가 있다

사과와 복숭아 포도 사이엔
'와' 도 있다

바쁜 하루

36

바빠 바쁘다며 서둘러 아침밥을 먹고
바빠 바쁘다고 떠들며 출근해

자신에게 주어진 업무를 처리 하고

바빠 바쁘다는 핑계로
그동안 살아온 삶을 전혀 되돌아보지 않은 채

사람들은 바빠 바쁘다는 말을 입에 달고 살면서
관 속으로 들어갈 날만 기다리는 건가

그런 걸까

파란 정원

37

노랗다 노란 색은
빨갛다 빨간 색은
파랗다 파란 색은 우울해

그래 우울하다 노랗고 빨갛고
파란 색은 우울하다고 느꼈다

미쳐서 갇힌 남자와
갇혀 있는 동안 미친 여자처럼

그 빛깔들은 무겁게 다가와
내게 무수히 많은 이야기를 하려고 한다

밤하늘에 우울함을
느낌표로 꽉 채울 만큼

우우우우 우울 우울 우울해

이력서

38

칸을 채울 수 없다

빈 칸을

내게 주어진 칸을 채울 수 없는

나는 뭘까

나 자신에게 물었다

왜 나는 칸을 채울 수 없는지

넘쳐나는 열망으로

그 칸을 꽉 채울 순 없는 걸까

원형이 되는 이야기로

항공대

39

군용 지프는 막사 옆에 서 있고

몇 대의 헬리콥터는 눈을 맞고 있다

흰 눈이 화강토처럼 부서져 내리는 아침에

나는 이곳에서 내가 버린 염치를 찾고 있다

내 안에서 으르렁거리는 나를 지우기 위해

저 모래알갱이 닮은 눈이 눈꽃으로 보일 때까지

까마귀

까옥 까 까 까 까옥 까옥 까 까 까 까옥

까옥 까 까 까 까옥 까옥 까옥
까옥 까 까 까 까옥 까옥 까옥

어느 집 지붕 위 또는 전신주 위 내려앉은
까마귀들이 울고 있다

아무도 봐 주는 이 없고
울음소리 귀 담아 들어주는 이 없건만

까마귀들은 운다
오늘 이 시간 울어야만 내일도 울 수 있다는 듯

운다
스님들 경 읽는 소리처럼

아니 자기들끼리는 웃는 걸까?

유치찬란

햇발 눈부신 공원 벤치에 앉아

찌그러진 은박지처럼 웃고 있는

앞니 빠진 할머니

어금니 빠진 할아버지

너무 환한 그 빛에

어두운 그림자는 거의 찾아볼 수 없는

저 둘은 노란 개나리꽃을 닮았다

몸

42

몸을 잃어 버렸다 며칠 전 길을 걷다
내 몸 잃어 버렸다

몸은 어디로 간 걸까

몸 찾아 길을 나섰다
길 나선 몸까지도 몸을 잃었다

몸은 어디에 있는 걸까

오늘도 찾아 헤맸다 예금 통장의 비밀번호를
깜박 잊은 것도 아니고

몸을 잃었다니 어디서 잃어버린
몸 찾아야 하는 걸까

커피숍에 앉아 뜨거운 커피를 마시면서도
주위를 두리번거리며 찾았다

조선족 동포

43

복지관 행사 때 잠깐 만난 아줌마가 휠체어를 구해
달라고
전화를 걸어왔다

느닷없이 다급한 목소리로 휠체어를 구할 수 없겠느
냐고 물어온
그녀의 목소리는 생뚱맞게 들렸다

조심스럽게 무슨 일이냐고 물었다
자신이 잘 아는 사람의 아는 사람의 아는 사람인 조
선족 동포가 공사장에서

빨간 벽돌을 지고 계단을 오르다 발을 헛디며 사층
계단에서 삼층 쪽으로 냅다 굴렀다고 한다

병실 침상에서 의식을 찾고 보니 다리도 아닌 허리가
부러졌다며

급히 수술을 했다고는 하지만 다시는 제 다리를 딛고

걸을 수 없단다

그는 휠체어를 구하기 위해 휠체어를 타고 다니는
자기 주변 친구들 모두에게 전화를 걸었다고 한다

나도 봤다

44

날개 없이 날았다
날개 없이도 날 수 있다

날개 없이 나는 모습을

그는 주변인들에게
보여 주었다

다리 위에서 나는 봤다 그도 봤다
우리들 모두 봤다

그가 제비처럼 날아오르다
온몸이 으깨진 모습을

그가 어디에 사는 누구인지 나는 모른다
하지만 홍콩 영화배우인 장국영은 안다

우리들 모두가

밥값

45

아주머니 밥 한 공기에 얼마에요?
천원이에요

아이! 300원어치만 주면 안 될까요?

여기 있어요
800원어치에요

800원 말고 300원어치라고 했잖아요?

800원이라고요?
에이 깎아서 500원에 해주세요......

네!
반찬은 김치만 먹을 게요

분식집에서 라면을 먹다 처다 본 해쓱한 여자

상상 연주회

46

다람쥐가 이 나무에서 저 나무로 실수 없이 건너뛰듯이
빠르게 짧은 시간 안에

서너 옥타브를 그는 건너뛰었다

물방울이 물방울을 뛰어 넘어 새로운 물방울들을
만나 내를 이루고

강을 이뤄내듯이 양손 손가락이 긴

그는 손을 자유자재로 움직여
실수 없이 청중들이 가득한 연주회장 안에서 연주를 했다

연주를 마쳤다
청중들은 들을 수 없는 자신만을 위한 연주에 매우
충실했던

그는 수없이 무대에서 연주 하는 자신의 모습을 상상했다

夢遊

타조 알을 깨뜨린 뒤 흰자와 노른자를 분리해
헤뜨린

그래 그렇게 뭉개져 밟힌 그런 꿈을 꾸었다

아주 잠깐 동안 꾸었던 것 같았으나
길게 꾼 꿈

이부자리를 계란 반숙처럼 만들며 베개를 땀으로
흠뻑 적신

무언극의 주인공처럼 입을 벌린 채 깊은 꿈에 빠져
침을 질질 흘리던

꿈속에서 일어나 앉은 자세 그대로
그는 나를 멍하니 바라보고는 했다

아무런 이유도 없이

목적지

48

손가락이 가리키는 쪽에 위치한 천문대를 봤지만
나는 아직 천문대를 모르고

길을 가다 안내판을 봤지만
얼마나 더 가야만

최종 목적지에 이르게 될지 모른다
내 안에 든 길을 봐야 하건만

그 길을 찾지 못한 채
나는 길가에서 행인에게 거듭 길을 묻고 있다

목적지에 도착하기 위해선
한 걸음이든 두 걸음이든 앞을 향해 걸어야만 한다

길은 결국 나 자신이 찾아내야만 하기에

어린 병사

총을 쐈다
한 방은 어깨에 맞았다
총을 쐈다
두 번째 탄알은 목에 맞았다

국군과 인민군은
서로를 향해 총질을 해댔다
그들은 언덕 위에 뼈를 묻은 뒤 잊혀졌다

그로부터 오십 년 뒤
나이 열여덟에 전선에 투입된

어린 병사는 햇빛을 보게 됐다
국군유해 발굴단에 의해

우리는 그들을 결코 잊을 수 없다
그 병사들을 어찌 잊을 수 있을까

얼굴
50

물속에 비치는 저 얼굴은
내 얼굴인지 그대 얼굴인지를

가늠할 수 없어

며칠 동안을 연못가 작은 수면 위에다

얼굴을 비쳐본다
그러나 확신이 들지 않는 얼굴로 인해

급하게 집으로 돌아와

다시 거울 앞에 섰다 거울에 비친 저 얼굴은 뉘 얼굴인지
구분이 되지 않아

정녕 저 얼굴이 내 얼굴이란 말인가

몰염치한 세계

51

하늘에 떠 있는 저 달빛이

노르스름한 빛으로
창문을 슬며시 두드릴 때

비둘기 몇 마리
창 앞에서 파닥인다

하늘에선 비를 뿌리고 있다
가늘게 내리다

굵게 쏟아져 내릴 것 같은
세상을 끝장이라도 낼 것 같은 기세로

비가 내린다 몰염치한 세계에
답답함에 비라도 맞아야 할 것 같은

밤이다

자귀나무

도로변에 뿌리를 내린
꽃나무를 봤지만

나는 몰라 그 나무의 이름

모른다는 말
그 누구에게도 하지 못한

내게 너무도 치명적인
아름다움으로 다가온

한 그루 꽃나무

경비원

53

제각기 이층에서

삼층 계단을 오르내리며

벽에 걸린 그림을 관람객들은 보고 있다

벽이 뚫어질 것처럼 벽이 뚫릴 때까지

그 바라보는 눈빛을 저들이 거둘 때까지

나는 응시할 것이다

매의 눈으로

살펴보게 될 것이다 앞으로도 쭈욱

글꼴

54

문득 보였다 언뜻 보이는 술에 취해 걷던
정미소 앞 길가엔 꼬리를 들어 등 위에 앉은 파리

휘휘 파리를 쫓는 수소가 있었다

가게 옆 두 평짜리 방구석에 앉아
자판을 두드리며 글꼴을 키웠다 줄이곤 하던

그 앞에 얼씬거리던 한 마리 수소

자판이 풀밭인가 글꼴을 뜯기 위해 방 안으로 들어온

얼핏 보이는 후드득 떨어지는 창문을 후려치는 빗소리엔
굶주린 소

자판 위 올려놓은 글꼴들에 주둥이를 들이댄 채
우적우적 비에 젖은 글꼴을 씹고 있는 수소가 보였다

영역

55

길이 몹시 가팔라 오를 수 없기도 하고

좁은 길 무너져 내려가지 못할 때도 있다

그러나 조급할 건 없다

쉼 없이 걷게 되면 목적지에 이르게 됨으로

그렇게 스스로의 영역을 만들어 나가면 된다.

종점

56

인지손가락 손톱이 부러졌다
중지손가락 손톱도 부러졌다

엄지발가락 발톱이 부러졌다
새끼발가락 발톱도 부러졌다

두 개의 손가락 손톱과 발가락 발톱이 부러졌다

무료할 때면 그는 무언가를 부러뜨리는 생각을 한다

그래 그렇다 그는 그런 식으로
자신의 몸 어딘가를 자해하는 방법에 대해

온몸을 비틀면서 궁리한다
극악한 고통을 느끼기 위해

아니 삶의 종점이 어딘지 알기 위해

가능하다면

소리 높여 외치고 싶다
왜 그와 그들은 내게 반복해

하고 싶은 일이 무엇이냐고
묻고 또 묻는 걸까

나 자신이 진정 원하는 건 빈둥거리는 것
할 수만 있다면

어떤 그 무엇도 하지 않고
삶을 살아내고 싶다

그것이 가능하다고 하면
앞으로는 가능하다고

아니 글쎄

거북별곡

거북비석을 바라봤다
내가 아님 안 된다고 세상에 외치던 리더들이

묘지에 묻힌 뒤 그들이 없어도
세상은 잘 돌아가고 있다

내가 아닌 나보다 더 중요한 후임자가

무리 없이 일처리를 하고 있으니

그림을 보고 싶을 땐 그림 여행을 떠나고 싶을 땐
여행도 다니며 여유를 갖도록 하자

다른 이와 업무를 나누고 권한을 넘겨주기도 하면서
조금은 느리게 여유 있는 자세로

느림 속 평화를 온몸으로 느껴보도록 하자
은퇴하면 안 될 인물은 없다

는개

59

저녁 비는 지붕 위에 굴뚝새 발자국을 찍었다
양철지붕 위에다 말줄임표를 찍는 는개

눈 감고 그녀 입술에 입술을 포갰다 뗀 것처럼
그 비는 내리는 건지 내리지 않는 건지

아주 짧게 내렸다 그녀 마음처럼 알 수 없는 는개
초봄이다

지루한 일상

밥을 먹는 것 지루해
잠을 자는 것

커피를 마시는 것

책을 읽는 것
콜라를 마시는 것

산을 타는 것
연극을 보는 것 마찬가지야

삶은 지루함을 빼놓고는
한순간도 말할 수 없다

대단한 것들

61

하찮게 느껴지는 것들이

어느 순간 눈길을 잡아끈다

저 길가에 마구 핀

꽃들이 그렇다

그런 이유로 생명은 위대한 걸까

마당

62

앞마당으론 햇볕이
그늘은 옆으로 밀렸다

그것들이 들어왔다 나갔다
다시 다가왔다

마루에 앉아있다
아이가 흙장난하는 모습에

눈물이 흘렀다
왠지 모를 묵지근한 슬픔에

그늘에 야위었다

그래 그렇게
가을은 갔다

맑은 날

63

한 시간이 지나갔다 한 소녀가 언덕을
한 시간이 지나갔다 한 소년이 언덕을 올라간다

두 시간이 지나갔다 한 소녀가 집 앞을
두 시간이 지나갔다 한 소년이 집 앞을 지나간다

세 시간이 지나갔다
한 소녀가 횡단보도를 건넌다
세 시간이 지나갔다
한 소년이 횡단보도를 건넌다

네 시간이 지난 뒤 소녀가 집에 도착했다
네 시간이 지난 뒤 소년도
부평에서 수유리로 이사를 왔다
이삿짐을 풀었다

하늘은 구름 한 점 없이
맑은 날이었다

눈물
64

나는 오늘 목련 꽃을 보고 울었다
왜 꽃을 본 뒤 눈물이 주르륵

나는 오늘 나비를 본 뒤 울었다
왜 호랑나비를 본 뒤 눈물이

나는 오늘 푸른 강물을 보고 울었다
왜 강을 본 뒤 눈물을

나는 왜 어제도 그제도 오늘도 또한 울었던 걸까
무엇 때문에 어떤 이유인지도 잘 모른 채

왜냐고 가슴이 아린 것 아름다운 것들을 만나게 되면
나는 운다 나도 모르게 눈물을 흘리게 된다

흑백삽화

인공위성과 스마트폰을 지우고 휠체어를 지운다
가슴속 흉터를 지우고

눈썹을 지우고 영화관과 연극무대

예루살렘과 요리사를 지우고 광대와 교실
호텔을 지우고

리어카를 지우고 자전거와 병원을

그리다 지웠다 다시 또 그렸으나 지웠다
그러다 그렸다 또다시 지웠다

내 안에 든 사물들을

쨍한 날

날이 좋다
날씨만 겁나게 쨍한 날

화창함과 다르게 마음은

구석을 찾아
볕 뒤로 어둡다

물 한 모금 마시고
숨 한 번 크게 내쉰 뒤 호흡을 고른다

날이 좋다 맑은 날
그러나 이 한기는 어디서 오는 걸까

멍하니 앉아 있다 보면
춥다 오슬오슬

불안증

67

손바닥 위 올려놓고
훅 불게 되면

무겁게 굴러갈 것 같은

불쑥 배가 나온 임산부 같은 달

저 달을 끌어내려
길 위에서 굴리게 된다면

뒤뚱뒤뚱 거리다
뒤로 곧 자빠질 것 같은

불안한 밤이다

투명한 봄

봄은 매우 증발성이 강한
술처럼 뚜껑을 열면

바로 날아갈 것만 같다
가물가물 아지랑이

도심 재개발 사업장 거중기에
위태롭게 매달린 봄 햇살엔

깊은 그늘이 있다
그늘 뒤 픽 증발 된

주민들 굴곡진 삶이 보인다

피아니스트

특정상황에서 다양한 변화로 이뤄진 음계를
그는 예민한 손가락으로 무리 없이 풀었다

눈이 녹는 소리와 처마 끝에 매달린 고드름 녹는 소리는
단순한 음계를 적용해

톡톡 물방울 떨어지는 소리들로 푼

피아니스트인 그에겐 긴 손가락만이 아닌 귀가 있다
온 마음을 담아 어떤 소리도 풀어낼 수 있게끔

잠자리에 누워 듣게 되는 소리는 그 안에서 풀렸다
먼 곳에서 다가오는 봄비 오는 소리까지도

그의 이름은 쇼팽이다

秋夜長

일체 탐심이 없는 마음으로 곳간을 채우면 어떨까

그런 마음까지도 비운 채
가을밤에 작은 배에 올라

향긋한 술 한 잔을 친구들과 나눈다면

흐르는 강물 위 욕심을 비운 그 마음까지도 잘라낸다면
마음을 비웠다고 할 수 있을까

그 마음까지도 지워내고 비워낸 뒤에는
빈 배에 오를 수 있을지

기부자

71

꽃이다

아니 너무나도 향기로운
한 인간을 봤다

이름 석 자도 밝힐 수 없다며
기어코 자신의 기부 행위를

모르게 해 달라던
그는 이 세상의 소금과 같은 이

구청 뒤 골목길로 사라진

그를 다시 만날 수 있을까

아름다운 것들

그리스 조각상인 쿠로스와

밀로의 비너스를 화집으로 봤다

어느 순간 칼이 돼 심장을 찌르는

그것들은 나를 항상 긴장 하게 한다

개미

73

목덜미가 가렵다고
북북 목을 긁던 이

그의 목을 문 한 마리 개미

그는 주저 없이 목을 잘랐다
그 앞에 서 있던 한 아이

순간 캄캄했고 막막했을

작은 개미를 지켜봤다
천진난만한 눈으로

그렇게 갔다 어느 날 개미는

악어 세 마리

한 마리 수컷과
두 마리 암컷이 땅 위에 앉았다

한 마리 악어 수컷과 두 마리 악어 암컷
그것들은 몸을 구부린 채 바닥에 누워 있다

몇 마리 악어 수컷과 암컷 악어들은 날고 있다
새파란 가을 하늘을 뒤섞여 날아다닌다

눈물이 났다 악어들을 바라보다
슬픔을 느낄 수 없었음에도 눈물이 흘렀다

흐리지도 않은 날 눈이 흐렸다 악어의 눈물인가
악어는 저 하늘을 날 수 없는 걸까

생각해봤다

믿음

나의 말을 믿지 마라 내가 말했기 때문에

믿으면 안 된다
맹목적인 믿음은 곤란하다

지금 바로 한 이 말도 따르지 마라
내 안에서 외치는 그 소리를 좇아

길을 가도록 해라 오직 내 안에 든

그 목소리에 의지해

붕어빵

76

붕어빵 틀 안에서 구웠다

구워져 나온 건 똑같은 빵

세상만물은 같은 것이 없다는데

어찌 인간이 만든 건 이 모양인가

붕어빵에서 봤다 대량생산을 통한

복제품에는 특별한 개성이 없음을

틀에서 구운 빵은 생각 없이

그냥 맛있게 먹으면 된다.

아나 너희나 먹어라

몸에서 냄새가 난다
술에 젖은 술 냄새 담배에 찌든 담배 진 냄새

며칠을 씻지 않아 몸에 밴 땀 냄새 일상에 시달린 퀴퀴함

생활은 속일 수가 없다
움직이는 동선에 따라 몸에 찰싹 달라붙어

떨어지지 않는 어제 저녁 늦도록 마신 술로 인해 몸에 밴

소매에 코를 대고 냄새를 맡아보니
우 우 괴롭다 못해 역겨운

그것들을 떼어내 감나무 가지에 걸어놓고 배고픈 까
치들에게

아나 너희나 먹어라 그렇게 술에 젖은 냄새를 풀어
놔 볼까나

저마다의 필요에 의해 시간
을 차용할 수 있게
품격 높은 서비스를 제공하
고 있는 은행이

그러던 어느 날 집 앞 편의
점에서 본

2부

시간 자동인출기

영생 은행은 어디에 있는 가
과거 시간에서 현재 또는 미래 시간까지

저마다의 필요에 의해 시간을 차용할 수 있게
품격 높은 서비스를 제공하고 있는 은행이

어딘가에서 분 초 일 월 년으로 분류된 아이템으로
예금과 적금 및 입출금 영업을 하고 있을 것 같아

오늘도 시간 은행을 부지런히 찾아다녔다
허비한 삶을 보충하기 위해

그러던 어느 날 집 앞 편의점에서 본

우주나라 외계인 은행 출장소에서
한시적으로 은밀히 운영한다는 시간 자동인출기

상상력에는 막힘이 없다

존재이유

우주가 무한해짐에 따라 파장도 가없어져
편평한 시공간만 남게 돼

텅 빈 공간인
세계를 상상해본다

모두들 사라진다고 하여도
끝까지 남아
완전하게 빈 곳을 노닐고 싶다
경계와 경계를 넘어

일백 조에서 일천조 광년이 흐른다고 하여도
살아남아서 끝을 보리라
그래 모두 다 사라진 뒤에라도
진정한 사유를 위해

시공간상에서 영원한 자유를 얻으리

圓에서 願

80

연필을 들고 공책에 圓을 그렸다
그런 뒤 圓 안에 圓에다

또다시 願을 빌었다 반복해 願
그 圓 안에 願 다시 願

현재란 시간에서 과거 아니 미래 시간
나선형 은하 닮은

圓은 圓을 만든다 연필을 들고 그는 願을 구했다
삶은 순환이다

삶은 圓으로 완성돼 願을 만들어 낸다.

모난 돌이 정 맞는다 둥글게 살자 圓 안에서 둥글게
마지막 願은 점이다

아니 그것은 空일까

신 원자 역 행 전철은 어디에

81

붉은 색 역이었던 걸까
푸른 색 역

노란 색 역이었던 걸까 검정 색 역

우주 역에서 원자 역으로 가는
지하철역은 어디에

광속도 역에서 중력 역으로 갈아타는 역은 어디쯤

이 번 정차할 역은 미립자 역입니다
파란 색 역이나 무한허공 역 또는 중성자 역으로 가
실 분은

새롭게 개통된 신 원자 역으로 갈아타시기 바랍니다
어디로 가야할지 마음을 정하지 못한 여자는

그날 결국 전철을 놓치고 말았다

시간을 깨물고 싶다

아벨을 깨물다 카인을 깨물고
영화 필름 속 여자를 깨물다
남자를 깨물고 안산을 깨물다 안경을 깨물고 산타를
깨물다

산타모니카를 깨물고 히터를 깨물다
히틀러를 깨물고 동상을 깨물다
동거남을 깨물고 달항아리를 깨물다 달력을 깨물고

시간을 시간이 끌고 가는
강물을 짓깨물다 강물이 시간에게
시간이 푸른 강물에서 깨문 건 과거 시간인가

강물이 시간에서 깨문 그 것은 지나간 시간인가
그런 건가 도도한 시간 줄기 앞
강물은 서로 깨물린 채 물어뜯고 때로는 핥으며

현재 시간을 미래로 끌고 가는 걸까

깊은 뜰
83

벽을 타고 오르며 초록 기운을 뻗어나가는
이끼를 봤다

바닥을 차고 올라 내 발등을 물들이기라도 할 것처럼
녹색 빛을 더해가는

담장에 끝없이 일단과 이단도 아닌 삼단에 사단 사다리를
놓으려는 것처럼

이끼는 여름 한철 녹색이다 말 것임을 모르는 건가
이끼를 바라보다

한낮인데도 문을 굳게 잠근 상태로 앞마당을 볼 수 없는
그 집의 깊은 뜰은

문이 열릴 것 같지 않다
이끼는 저렇게 녹색으로 맹렬히 문을 두드리건만

마음을 닫아 건 사람에겐 방법이 없는 것 같다

나는 모른다

84

외괘 내괘 外在 內在를
오늘 아침에 살펴봤다

처세나 처사에서도 천지우주가 변한다고 하더니

그것들을 경계하고 조심하며 두려워해야 한다는 말씀
반드시 숙지해야 하는 걸까

모르겠다 전에도 몰랐고

현재도 모르고
앞으로 다가올 미래도 모르겠다

그러나 내가 아는 한 가지 사실은
모든 건 움직이고 끊임없이 변한다는 사실

그래 나는 이 한 가지만을 알고
다른 모든 건 모른다

좋은 일과 나쁜 일은 올곧은 마음가짐으로 극복할수 있나니

세 발 자전거

때르릉때르릉 종을 울리며 세 발 자전거
그 페달을 밟고 시계바늘 방향으로 돌다가

휙 그 반대쪽으로 핸들을 돌리는
순 은빛 바퀴살보다도 눈부신

정오를 지나 2시에서 3시 휙 10시에서 9시
왼쪽에서 오른쪽으로 핸들을 자유자재로 돌리며

자전거 타는

갓 잡아 올린 갈치 그 은빛 퍼덕임처럼
아니 햇살보다도 눈부신 바퀴살이 번득인다

황금빛 자전거 안장에 앉아 페달을 밟고 있는
시간으로부터 자유롭던 아이

쓸모없는 논쟁

오거리 생맥주 집에서 만나자
빵집이면 어떻고 생맥주집이면 어떤 가

라면집이라고 해도 나는 상관없다
이태리 로마 프랑스 파리 미국 뉴욕이라고 해도

관계없다 가볍게 살랑인다고 해도 관계없고
무겁게 엄숙하다고 해도 관계없다

다만 그대를 다시 만나
심장이 요동치는 벅찬 희열을 느낄 수 있다면

쓸모없는 위선과 가식을 모두 내던진 뒤
흘려보낸 시간들을 되돌리기 위해

지금 이 순간이라도 뛰어 나갈 것이다
이십대 청년이었던

그 시절로 되돌아간 기분으로

銀魚

87

치치듯 휘어드는 물살에 물줄기 뒤딸리며
떼를 지어 몰려들다

그물에 걸린 은어

묵직한 그물을 건져 올려 모래펄에 펼친 뒤
고추장 푹 찍어 꼬리 아가미 몸통까지

푸성귀에 한 점 햇살 얹어 아드득 씹는다
터져 나오던 울음까지도

Cafe 2671237

88

그가 그곳에 없는 것을 나는 알고 있다
그 빌딩의 어딘가에서 그를 찾아낸다는 건 있을 수 없는 일

사실 그는 그곳 랠리로 만든 듯한 건물 내 어느 곳에
도 없다

그의 부재는 카페를 천천히 사라져 가는
희미한 의식 속에 그려 놓았다

카페는 배경으로 존재할 뿐이다
26시 카페는 작은 관심거리다 특별할 것이 없는 휑
한 배경으로

존재를 계속해서 드러내 보일 뿐
노랗게 보이기도 하고 파랗게 출현하기도 하는

건물을 뒤로 계속 뒤쪽으로 내몰게 되면
카페는 건물 안 없는 보이지 않는 그를 뒤에서 쫓는다

그러다 그곳은 어떤 모습을 위한 근사한 배경이 되
기도 하고
간혹 애매한 존재가 되기도 한다

그런 까닭에 약속 시간 723분까지
특별한 상황에서도 형태를 끊임없이 유지한다

카페는 동서남북 방향에서 모습을 나타냈다
현실의 뼈대 안에서 느낀 대지가 반으로 접혀 하늘이 되고

짙푸른 바다가 들고 일어나 허공에 떠 있는
현실적인 것과 초현실적인 것에 대해

그는 그곳에 없었다. 그곳 건물 내 카페에도 없었다,
카페는 없다
그 자리엔 건물도 없었다

누군가 막연하게 건물과 카페를 26시 71분에서 723
분까지 생각했을 뿐이다

풍선

89

오색 풍선들 매단 가느다란 실을 꽉 쥐고 있다
손을 놓는 순간 높고 파란 하늘로 올라간
파란 풍선 초록 풍선 빨간 풍선 노란 풍선 남색 풍선

어릴 때 강가에서 띄워 올렸던 가오리연처럼
연줄이 툭 끊어져 상천으로 사라져버린 연과 같이
실에 매단 풍선들을 한꺼번에 다 날린 뒤 바라본다

천공에 오르다 역풍을 맞아 제멋대로 팽그르르 돌다가
논둑에 처박힌 연에 대한 기억을 지우려는 듯
오색 풍선들은 전깃줄과 건물 사이로 날아올랐다
애면글면 지켜본 강바람에 실이 끊긴 가오리연이 아닌

풍선들은 논둑에 처박히지도 않고 높높이 날아올랐다
성층권이 날카로운 송곳을 들고 기다리는 것도 모르는 채

그곳에서 터지게 될 풍선들은

텔레파시

일천 팔백 개 숫자 중에서
지금부터 하나의 수만 떠올려봐

왜 무엇 때문에 이유는 묻지 말고

잠시 머뭇거리다
네 머릿속에 떠오른 수는 다섯이지 여덟 아니 아홉인가

여덟에서 아홉이란 소리를 들은 뒤
그의 머릿속에선 전깃불이 번쩍이는 듯 했다

떠올린 수는 팔

그러나 어제만 해도 번득이던 영감은 이내 명멸했다
어디에서 다시 찾을 수 있을까

眞空妙有에 안테나라도 세워야 하는 걸까

손금

91

네 손바닥에 난 손금을 따라
동이 틀 무렵 흐르는 강을 봤다

불면의 시간에 흐르는 강과
오후 세 시에 흐르는

금강의 차이가 있다면 무얼까

여명에 깊은 강을 바라보면
강물은 오동나무 넓은 잎 위 잎맥 사이로 흐른다

그러다 오후에 흐르는 강을 응시하면
푸르른 강줄기는 당신 눈 속에 있다

강을 찾기 위해 손바닥 위 손금을 봤다
네 맑은 눈알 속 푸른 강줄기를 찾아다닌

그것은 삶의 지도인 걸까

미이라

썩지도 못한 채
좁은 유리관 안에 누워

뭇사람들 구경거리가 되어야 하다니
으 으 잉 지긋지긋 하구나

정녕 벗어날 방법은 없는 걸까
벌떡 일어나

가족과 함께 둘러앉아 저녁을 먹던
삼천 년 전으로 되돌아가고 싶다

아님 이 박물관에
불이라도 확 싸지를까

디지털 유토피아

사이버 공간에 들어서기 위해
온라인에 선 사람들에겐 거부감과 두려움도 없는 걸까

무한하게 확장 돼 세력을 넓히는 영역에서
끝없는 외로움을 느꼈다

느티나무 아래 그늘과 정원
그리고 사람들 온기를 전혀 느낄 수 없는

냉혹하게만 느껴지는 그곳에 빠져
허우적거리고 있는 나 자신을 봤다

개인과 개인 또는 사무실과 사무실 나라와 나라로 범위를
끝없이 넓혀 나가는

그 세계는 한 번 들어가게 되면
다시는 빠져 나올 수 없는 깊은 늪과 같았다.

이 길은 디스토피아로 들어서는 진입로인 걸까

여행

94

지상에선 차를 타고 움직여야만 갈 수 있는 곳
이곳에선 그저 단숨에 내려다볼 수가 있다

내가 몸을 싣고 있는
비행기가 이륙한 시간은 오후 네 시였다

감정에 깊은 골이 파이고
나른함이 몰려드는 시간대에

우울한 기분을 한 방에 날려 보내기라도 하려는 듯

보잉 747은 수리처럼 하늘로 솟구쳐 올랐다
살면서 어딘가로 훌쩍 떠날 수 있다는 건

큰 위안이 아닐 수 없다
몇 시간 뒤면 한 번도 본 적이 없는 곳에 도착하게 될

그곳에서 나는 옛 친구를 만나게 돼 있다

탁상시계

다섯 개 발가락을 축으로
날씬한 몸을 쉬지 않고 돌리는

드가가 그린 발레리나처럼

시침과 분침은 끊임없이
열두 개 문자판을 돌고 있다

잠시도 가만있지 않고

둥근 원을 무대 삼아
춤을 춘다

그 둘은
원 안에서 시간을 돌리고 있다

느티나무

나무 한 그루 서 있다
저 나무가 비바람 버텨낸 세월 무게는 얼마나 될까

오십 년 삶과 견줘보니

느티나무 나이 무게와
비교도 할 수 없는 중압감에 주저앉고 말았다

일백 년도 견뎌내지 못하는 나이로

오백여 년 깊이 뿌리내린
공력과 비교 하다니

세상살이 버겁다 말한 내 입이 부끄러워
그저 나무를 우러러 볼 수밖에 없었다

125

설치미술

고물상 구석에 처박힌
철근 쪼가리들을 엮어 놓은 것 같은

이름을 붙이기 어려웠을 전시물들을
살펴본 뒤

정말 봤다고 해야 하는 건지
아닌지를 모르겠다

이해가 되지 않는 어렵다는 생각에
다음 기회에 다시 한 번만 더

수상한 미술인지 설치 미술인지
면밀히 살펴본 뒤 작품에게 말을 건네리

느낌은 빠르게 다가왔지만
언어로 표현이 되지 않았던 철근 쪼가리

조그만 더 기다려라
아니 영원토록

Issue

오늘의 문제는 무엇인가 묻는 그에게
쟁점은 없다

멋지다 사안이 있는 날은 있는 대로
없는 날은 없는 그대로

얽매이지 않고 살 수 있다면 기쁜 일
그렇게 살 수 없다면 자유를 얻기 위해

의지를 굽히지 않고 싸워 얻어낼 수 있다면
아름다운 일이 아닐 수 없다

이슈와 관계없이 살아갈 수 있는 인생도
또한 멋진 일이다

대폭발

99

우주는 어느 날 예기치 못한 순간

물방울이 터지듯
대폭발을 일으키며 사라지게 된다

어떤 액적이 먼저 터지게 될 것인지는

그 누구도 알 수가 없다
그러나 오랜 시간이 흐르다보면

터질 사건은 반드시 터지게 된다

발생확률이 낮은 일이라고 해도
시간과 공간을 비롯한

그 어느 것도 영원한 건 없기에

물과 얼음에 대해

사물에 대한 의미 있음과 없음은
있다와 없다는

마음 간극에서 물음표로 되돌아온다.

물음에 대한
답을 얻을 수 있을 때까지

결정은 무한정 미뤄지게 된다
나 자신이 지금 고민하고 있는

물과 얼음의 차이 역시 그렇다
액체보다 가벼운 유일한 고체

물과 얼음은 생각할수록 묘하다

口

101

형태가 눈에 보이는 것에
정답이 있을 거란 말은 맞는 말일까

그럴까 그렇지 않을까 결론을 내릴 수가 없다면
성급하게 너와 나 우리들 모두가

의문에 대한 답을 낼 일은 아니다
일상성 안에서 이뤄지는

미묘하고도 복잡한 경험들이
숙성 되는 이치를

스스로 깨닫기 위해선 많은 시간이 필요하다

어쩌면 그 시간을 채우지 못한 채
삶이 끝날 수도 있기에

Mime artist

허공에서 불러본다 대답 없어 허전한
다섯 여섯 일곱 여덟 이름이 없고 셀 수도 없는

그 모든 것들을 힘껏 소리쳐 불러본다
설명할 수도 이해될 수도 있는

그런 사물들이 아니라는 생각이 들게끔
창조의 미궁을 무너뜨릴

심오한 이름을 불러본다

일탈의 공간 공감의 공간 난장의 공간인 우다마리에서
인생살이 고달픔과 외로움을 해학적인 몸짓으로 풀어낸

마임이스트 그를 보게 되면 그와 눈빛만 마주해도
놀란 이 가슴은 뛴다

마임의 마음과 세상을 이어서 이름이 없는 것들을 불러낸
마임이스트 앞엔 몸짓이 있다

몸짓이 불러낸 새로운 이름이

복제인간

103

세포를 원재료로 삼아 몸 안에 들어있는
원형질로 된 매우 작은 생활체를 찍어내 흩어놓으면

백조 개로 이뤄진 세포들은 그 수에 달하는
똑같은 육신을 만들어 낼 수 있다고 한다

같은 아니 새로운 몸으로 이뤄진
젊은 육체로 인해

지구와 온 우주가 터지게 되는 건 아닐까

물리적이나 생물학적 제한을 넘어
가까운 미래에 맞닥뜨리게 될지도 모를 그런 사실은

온몸을 흥분케 한다 지금은 어렴풋한 느낌뿐이지만
그날은 올 것인가

마음을 다잡고 기다려 보기로 한다

피터 팬

철이 들어 어른이 되는 아이와
그렇지 못한 소년

그래 모두들 성인이 됐지만

어른이 될 수 없는 녀석은
지금도 그가 떠나온 골목 어귀에서

아이스크림을 빨아 먹으며
시간을 흘리고 있다

함께한 아자들은 성년이 됐건만
사물의 이치를 분별할 능력이 없어

어른이 될 수 없는

여전히 코를 닦아줘야만 하는
철수는 철이 들지 않았다

그저 몸만 늙어갈 뿐이다

무제한 특급카드

카드를 쓰면 오 년이 젊어지고 십 년이 젊어져

이십 년 삼십 년 혹은 사십 년 전 젊은 사내 얼굴로
신용카드를 사용해 시침을 거꾸로 되돌릴 수는 없을까

한도 무제한인
천상표 특급카드를 긁어 보려 했으나

백화점 그 많은 물건들 가운데

내가 찾는 신제품은 언제나 구매할 수 있는 걸까
종일토록 기다리다 돌아서고 말았다

원하는 물건은 쇼핑백에 담지도 못한 채
백화점 앞에서 두 時辰을 질질 흘리다 집으로 돌아왔다

그 누구도 따로 구입해 은밀히 챙겨 놓지 못하는 시간

자투리 시간

구상 중인 어떤 일을 멈칫거리지 않고
그 자리에서 행동에 옮기면

인생이란 저금통에 시간은 쌓인다

나중에 한다는 말은 버리고
이내 그 일을 처리한다는 생각으로

자투리 시간을 아낀다면

시간은 이십 사 시간에서
사십 팔 시간으로

잘못 된 습관을 바꿔
그 질을 높인 이에게 성공으로 보답한다

정원에 핀 아름다운 저 꽃들을 감상하기 위해선
그곳의 잡초부터 서둘러 뽑아내야 하기에

사물들

107

새로울 건 없다 책을 읽는다는 것
새로울 게 없다

밥을 먹는 행위 새로움이 없다

정원에 화초를 가꾸는 일 역시
일상적인 일이다

새롭다고 생각되는 기발함은 어디에
그렇게 간주되는

상큼 발랄한 사물들은

어디에도 없다 새롭다는 건 말짱 헛것이다
태초 이래 새로운 건 없었다

그저 과거 기억을 잊어
새롭다 신기하다고 잠시 느낄 뿐이다

미완성 프로그램

어제와 그제 과거란 이름으로 분류된
기억 열쇠를 찾아내

자물쇠에 복원된 열쇠를 밀어 넣고

10퍼센트 30퍼센트 70퍼센트
다운로드 되다 현재 시간으로 되돌아간

다시 되돌려 봤으나 복원 되지 않는 프로그램

흘린 시간은 주워 담을 수 없는 걸까
재생시킬 수 있는 프로그램을 가동해 본다

80퍼센트 90퍼센트 대에서
털퍼덕 주저앉는 미완성 프로그램

어쩜 너는 그리도 나를 닮았는지
네게서 복원에 실패한 나를 본다

눈꽃
109

인도 위 칙칙한 빛을 뿜어내던
블록들을 일거에 바꿔놓은 이는

구청 공무원과 용역업체 직원도 아닌
천상에서 일꾼으로 내려온 함박눈송이다

새벽 눈꽃은 보도블록을
산책로에 새롭게 까는데

불필요한 시빗거리를 제공하지 않았다고
뽀드득 뽀드득 행인에게 말하고 있다

물론 예산은 한 푼도 들이지 않은 채

하늘에서 내버린 쓰레기가
지상에선 꽃이 된다

off

110

핸드폰에 메시지만 슬그머니 남겨 놓고 증발한
그에게 문자를 넣어 본다

근황이 궁금하다는 말을 남겼지만
답을 할 입장이 못 되는 그런 상황에 빠진 건지

연락을 주지 않고 불통상태인
최 씨는 어디로 자취를 감춘 걸까

장사가 안 돼 푸념 하던 사장이 은밀히 그를 내친 걸까
어느 날 갑자기 사라진

그가 감정 배터리를 혹시 충전했을까 싶은 생각에
다시 안부 전화를 걸었다

그러나 여전히 꺼져 있어 전화를 받을 수 없다는 대답
그는 도대체 누가 끈 걸까

잉크가 가늘게 나오는
오래된 만년필을 분실했다
종로 이가를 지나
동아일보 옆 그 어디쯤에서

이젠 주인이 바뀐 채
누군가의 손에 쥐어

3부

만년필

잉크가 가늘게 나오는
오래된 만년필을 분실했다

종로 이가를 지나
동아일보 옆 그 어디쯤에서

이젠 주인이 바뀐 채
누군가의 손에 쥐어져

푸른 빛 잉크를
길게 토해 낼 80년산 몽블랑

다시 내 손에 쥘 수는 없을까
스승의 날 선물로

제자가 내게 선물한
반들반들 길이 난 만년필

풍차 베이커리

빵집 앞에 서면 빵맛보다 구수한 빵 냄새에
벌름벌름 냄새를 맡다가

풍차 베이커리 달콤함에 입 안 가득 고인 침을 꿀꺽 삼키면
시원하게 돌아가는 풍차를 따라서

한 곳에 서 있던 빵 가게가 두 곳 세 곳 다섯 여섯 일곱
수도 없이 빙글빙글 빙빙빙

길을 걷다 잠시 멈춘 채
풍차가 시원하게 돌아가는 모습을 보고 싶다

한 번도 멈춰선 적이 없었던 길 위에서 우두망찰
느리게 흘러간 시간은 그리움인가

빙빙 돌아가는 전기 풍차의 날갯짓을 따라서
나도 함께 돌아봤으면

시간을 거꾸로 되돌리고 싶다

不立撮影

손으로 잡을 수 없는
그러나 머릿속 기억으로 남아 있는

상처들을 재료로 삼아
영상에 담아봤다

그러나 그 순간 받았던
감정들은 담아낼 수 없었다

슬픈 노래가 불러일으키는
섬세한 감흥들은 잡히지 않는다

참새와 까치 그림자

전깃줄에 걸터앉은 몇 마리 참새
은행나무 가지 위 까치 세 마리

도로를 지나는 승용차와 리어카 또는 오토바이가
그림자를 밟고 지나가도

늦은 오후까지 몇 마리 참새와 까치들은
오토바이와 승용차 또는 리어카 바퀴에 밟혀도

초소를 지키는 병사처럼 굳건히 제 자리를 지키고 있다

남편에게 툭 하면 얻어터지면서도
말대꾸 한 번 못하는 옆집 여자처럼

그림자는 벌떡 일어나 몸을 재빠르게 피해
자신을 지키려는 마음이 없는 걸까

소설가

115

뒤돌아 봤다

하지만 되돌아 갈 수 없을 것 같다
그러다 몸이 아프니

덩달아 마음도 괴로워
이제 그만

끝이라고 소리치고 싶었다

지친 마음이
피곤한 몸을 잠깐이라도 쉬라했지만

그는 여태 걷고 있다
쉬지 않고 문자판 위를

앞으로도 쭉 그럴 것 같다
다락방에서

평화 만들기

나무가 박달나무 죽는다면 무엇이 남을까

도요새 하늘에서 툭 떨어져
날지 못하고 까부라진다면

이 꼴 저 꼴 모두 다 보기 싫어

박달나무와 도요새
그것들이 죽어 자빠진다고 하면

싸움질을 끝낸 뒤 느릿느릿 평화는 올까
그대 떠난 뒤 찾아올 평온함이란

그 것이 진정 갈등이 사라진 화목함인가
말짱 꽝이다 정석이 떠난 뒤 들어설

친구와 함께 할 수 없는 안녕이라고 하면

그 방을 떠나는 꿈을 꾼 아침에

그 남자 주먹에 가슴을 얻어맞은 여자는

구석방에서 숨을 죽이며
오늘도 사이다와 소주를 섞어 마셨다

방바닥을 이리저리 자유롭게 굴러다니는
푸르스름한 빛을 발하는 병들을 바라보다
그녀는 이제 그곳을 떠나기로 마음을 굳혔다

지난밤에는 눈물 한 방울 흘리지 않고
그 방을 떠나는 꿈을 꾸기도 했다

이제라도 떠나는 것이
결코 늦은 게 아니라고 결론을 내린

여자는 반 지하 계단을 서둘러 빠져나왔다
햇빛이 무진장 쏟아져 내리는 가을 날 오후였다

장인
118

어찌 해야만 수레를 제대로 만들 수 있느냐고
장인에게 물었더니

오십 년은 해야 감이 잡히고 감이 잡힌 뒤
쉬지 않고 이십 년은 족히 더 해야만

얻음이 생긴다 했다

수레 한 대를 만들어내는 데도
칠십 년이란 적공이 필요하다 했으니

무슨 일이든 새로운 미립이 나려면
시간을 들여야 한다

무딘 손끝과 부족한 재주로
오늘도 바퀴살을 쉼 없이 깎고 또 깎으며

다른 방법은 없다고 나 자신을 다그쳤다

오래 전 그 집

119

나는 과거를 분실했어요 어디 어느 곳에다
내가 품 안에 지갑처럼 지니고 다닌 시간을 잃어버
린 걸까요

나 자신이 발을 딛고 서 있는 노란 은행나무 앞으
로 방금 전
바람이 나무를 훑고 지나가면서 나뭇잎들을 휩쓸
고 갔어요

백부님 전 바람소리가 참 좋아요
오래 전 내 귓속으로 들어온 이 소리는

밖으로 나가지도 않고 맴돌고 있어요

아이들 목소리처럼 아니 부끄러움에
제 앞에 서게 되면 항상 얼굴을 붉히며 말을 더듬는
그녀처럼

그래요 그 동네가 어느 날 불현듯 생각나
사십 년 전 그곳에 가 봤지요

아름드리 은행나무 아래 그저 모든 것을 잊고 우두커
니 서 있었어요
집터만 덩그러니 남은 그 곳에

개소문동 옆 웃음 극단

나는 당신이 좋아지게 될 것 같아요
그렇게 웃으면서 사람들을 만나면 어떨까

아니면 활력이 부족한 이를 위해
개소문구 옆 웃음동 사거리에다

친구들과 함께 웃자 극단을 차려 놓고
사람들에게 당분간은

연기가 미숙하다는 소리를 듣게 될지라도
어어 우우 팔과 다리를 제대로 움직이지는 못하지만

서툰 몸짓이라도 무대에 올려
남녀노소에게 보이면 어떨까

연기란 보는 이 생각만큼 본다고 생각하기에

잔인한 정원사

121

담장을 타고 넘는 붉은 장미

밤새 울어
눈자위가 붉게 충혈 된

전지 가위 들고
장미 그 꽃대를 자른다

운다, 울면서 도요토미 히데요시가 조카인 히데스구
그 배를 스스로 가르게 했듯이

옆집 담을 넘으려는 검붉은 장미
잘라낸다

마당을 다스리기 위해서는
피붙이라고 해도 과감히 끊어내야만 하기에

새벽

122

일찍 일어나 문 밖으로 나왔다
겨울 새벽 네 시는

고양이 발걸음처럼 고요하다

사층과 일층 구층에도 불은 켜져 있다
누군가는 책을 읽고

어떤 이는 심하게 기침을 할 것이다

두툼한 책갈피 넘기는 소리와
쿨럭이는 기침 소리 들리는 듯

면봉으로 귓구멍을 쑤시다 발소리를 죽이면

이내 고요해진 새벽이 지나가고 있다
새소리 요란하게 울려 퍼질 아침을 향해

건너편 도로에서 가로등이 달려올 것만 같다

경대

123

어떤 판단도 어쭙잖은 충고도 하지 않는
경대는 곧은 자세로

제 자신을 텅 비운 채

예쁜 여자 얼굴이나 못난 남자 얼굴이
그 앞에 서게 되면

속을 비운 거울은 끝없이

상대를 가리지 않고
자신의 모습 그대로를 드러낸 이

형상을 가리지 않고 받아들인다
시계는 시계 책은 책 전화기는 전화기 그대로

추억

124

앞산도 첩첩하고 뒷산도 첩첩한데
혼은 어디로 향하신가

황천이 어디라고 그리 쉽게 가랬던가

오래된 음반에서 흘러나온

임방울 명창의
목소리였다

축음기로 들었던

내 몸과 마음을 들쑤셔 놓은
산호주와의 사랑을 절절한 목소리로 토해낸

속심을 찌른 소리
이젠 올드하구나

| *추억 : 병세가 위중한 연인 산호주를 끌어안고 애끓는 마음이 돼 임방
　　울이 그 자리에서 부른 노래.

망각

125

누군가 끊어놓은 전화선처럼
기억해 낼 수 없는 시간들은

한순간에 지워져 버렸다
다시는 돌이킬 수 없는

지나간 저 너머로

물론 가슴을 조이는 게
모두 사라진 건 아니다

추억이란 탈을 쓴 채
무언가 어룽거리기는 한다

올

126

옷장 안 양복 소매에서
날깃날깃 닳아 헤진 채

실밥을 내놓은
올을 봤을 때

무언인가
내 안에서

툭 끊어진 것 같았다고 할까
지나가고 있었다

한 세대가

하늘

오랜 잠복을 끝낸 새들이 날아올랐다
푸르른 하늘을 쭉 찢을 것처럼

새들은 지저귄다 하늘 강을 향해

숲에서 시간을 보낼 때와는 정반대로
하늘 한 귀퉁이를

부리로 쪼아대
검푸른 살점이 붉은 피와 함께 떨어질 때까지

허공을 피빛 피빛 쪼고 있다

눈물 몇 방울 떨어져 허물어진
저기 저 자리 허전하다

톡 톡 쫀 모서리

고독한 멸치

128

여자가 마루턱에 올라앉아 풀어헤친

한 마리 두 마리도 아닌 보따리에서 풀린 멸치들은
순 은빛 꼬리를 팔딱이며

수십 수백 수천 마리가

떼를 지어 몰려다녔던 검푸른 바다라도 되는 것처럼
펼쳐놓은 뭉치 속에서

저마다 빛을 발하고 있다

멸치들은 마루 위에서 다시는 돌아갈 수 없는
깊고도 아주 고요한 심해를

그리워하며 헤엄쳐 나가려는 걸까
저마다 꿈을 꾸고 있는 듯

首丘初心이란 말이 생각났다

허전한 구멍

쾅 쾅 관에다 못을 친 뒤
삽으로 흙을 퍼 던졌다

그 뒤에 구멍이 뚫렸다고 한다

누구도 그 누구도 채울 수 없는
가슴에 난 공혈

영원히 메울 수 없는
허전함 같은

당신이 죽은 뒤
그들 모두는 제 살 길 찾아 떠났다

죽음은 원래 그런 거다
삶 역시

환한 불면

전깃줄은 밖에 있고
전류는 안에 있다

안은 무엇이며 밖은 무언인가

겉을 싸고 있는 것과
그 안에 든 무엇

경계와 경계 사이 그 간격은 뭘까

간격은 무한대다
개념만 있을 뿐

갑자기 밀려드는 의구심으로 인해
생각을 멈출 수 없었다

반연지심인 걸까

두통

131

꿈에서 두 셋이 H의 화실에 모여 앉아
술을 마시며 담배를 피웠다

잠에서 깼으나
온몸에 밴 냄새는 지워지지 않는다

꿈에서 깬 건가 깨지 않은 걸까
깼음에도 깬 것 같지 않아

침대에서 일어나기가 무섭게 또 담배를 찾았다
왜 피우는 걸까 그런 생각도 없이

입에 물고 빨게 된 담배와
한없이 들이켜게 된 술은 머리를 연신 뒤흔들어댄다

두통이 올 때면 정신을 차릴 수도 없다
음주와 흡연 때문인 걸까 확실한 이유는

나도 모르겠다

방문객

문을 가리키며
그가 말했다

네 앞에 보이는 문은

닫힌 상태로 보이지만
열려 있다고

모든 문들은 비슷해 보이지만

문에 대한 경험은
저마다 다르다

시간에 대한 느낌 또한 그런 걸까

햇빛 눈사람

이층 베란다 창을 사정없이 때린 뒤
잘게 바스러지는 햇살

한 줌 한 줌 끌어 모아
어느 겨울 날 앞마당에서 굴렸던 눈뭉치처럼

순백의 햇볕으로 눈사람을 만든다면
햇살로 뭉쳐 놓아 볕 아래 서 있어도

이내 녹아 사라질 눈사람이 아닌
우리 곁에 영원히 남게 될

그런 사람 만들면 어떨까
한참동안 궁리를 해봤다

억만년동안 서 있어도 녹지 않을 사람
아니 빛을 영원히 내뿜을 빛눈사람을

다른 세계

134

담장을 뛰어 넘으려면

제대로 봐야만 한다

현 상황을 바르게 인식한 뒤
내 영역을 만들기 위해선

두려워 말고
과감해야만 한다

다른 세계를 찾기 위해선
스스로 새로운 기준을 세울 수 있어야 하므로

전무후무한

육십 고개

쌀가마를 지게에 진 채

고개를 넘으려고
멱고개 넘겠다고

헐떡이는 숨을 고른 뒤
재를 넘겠다는 이에게

어서 넘으시게

사십 고개를 지나 오십 고개
이제 저 고개 넘으면

넘게 된다면
육십 고개가 기다린다네.

소통

길을 내놨다 몸뚱이에

툭 터진 길 뚫어놨으니
육체 안으로 들어와

속삭이듯 이야기도 나누고
쉬었다 가시게

삶이 어렵다고 생각될수록

내 안에 든 나를 불러내
긴 대화를 나눠야 한다

그러면 길을 찾아낼 수 있다
몸과 소통을 해야만 한다

그래야만 살아남을 수 있다

고리

137

수업 시간에 선생님께서
출석부를 부른다

일번 김철수를 부르게 되면 이번 정진기 삼번 김기식

사번 이름은 아이들 머릿속에선
자연스럽게 김정선이 떠오르게 된다

현재처럼 보이는 것엔 앞에 있었던 일로 인해
다음 일들이 연이어 발생하게 된다고

그렇게 사람들은 현재를 인식한다

과거와 현재 미래로 이어지는
어쩌면 끝이 시작과 맞닿았을지도 모르는

거대한 순환 고리
이름을 불러야 한다

적막강산

휘파람새가 울고 있다
새에게는 자신만의 분위기가 있다

한적한 상태에서 변하지 않는 변할 수 없는
고요에 대해

일상의 한순간들은 절묘하게 균형을 이루고 있다는
생각이 든다

고독이란 것과 함께 어울리다보면
일찰나 모든 것을 드러내 보이는

그런 분위기를 잡을 수 있다
오늘 고즈넉함을 지저귀는 휘파람새에게서 적막을
느꼈다

양철북

139

툭툭 따다 툭툭 따다 긴 복도를 따라서 흘러나오는

드럼 소리를 나도 모르게 좇으면
아주 가볍고도 빠르게 두드리는 소리

그 소리에 귀를 세운 채 발걸음을 옮기면
오동나무 가지를 때리는 나뭇잎 위 올라 선 음표 꼬리 끝

나무 등걸 타고 올라 훌쩍 오르내리는 소리를 좇으면
붉은 벽돌 건물 이층 창문을 열어 놓고

문이 열린지도 모르는 채 스틱을 두드려 리듬을 만드는
그 소리에 취해 꾸역꾸역 몰려든 사람들

은행나무 아래 털썩 주저앉아

툭툭 따다 소리를 듣는 것도 모르는 채
신명나게 드럼을 뚜드리는 그 소년을 향해 빠져들고 있다

강렬한 눈빛 그 깊은 곳으로

광장

140

시청 앞 바람은 차게 느껴졌고
그곳에선 사람들이 모여 시위를 하고 있다

매서운 추위가 눈시울을 붉히게 한다

동장군 때문이 아니어도
오늘은 정말 울고 싶은 날이다

저들은 이 나라를 사랑하는 시민
아니 그렇지 않은 걸까

마구잡이로 질서를 파괴하는 무리를 바라보다

거칠게 물을 쏴대며 대응하는 공권력을 본 뒤

어느 한쪽으로 치우치지 않고는 방법을 찾을 순 없는 건지
마음이 착잡했다

파도

바다에는 말들이 살고 있다

파도가 칠 때마다
멀리서 수십 수백 수천 마리 백마가

해변을 향해
가쁜 숨을 헐떡이며 달려온다

바로 앞에서
암수 두 마리 애무하는 모습도

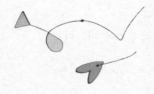

혹성탈출

    인류화석을 바라보다 여하한 이유와 변명도 늘어놓
지 않는
    시간들을 삽화로 분류해 그려낸다면

    어떤 모습을 내보일 것인지

    때로는 잔인하게 느껴지기도 하지만 지루한 노래처
럼 들리는
    인류학에서 대약진기라 불리는

    오만 년 전에 눈길이 끌렸다

    현생인류인 크로마뇽인은 사만 년 전에 이 땅에 나타
났다고 한다
    모든 인간은 호모사피엔스라는 종에 뿌리를 둔 하나다

    하나인 동시에 여럿이다
    그들은 언어를 사용하며 신화를 만든다

이 모든 기술을 수백만 년에 걸쳐 꾸준히 변화 발전
시켜 온 건 바로 인류다

그러나 혹성탈출이란 영화를 본 뒤
앞으로도 과연 그럴 수 있을까 의문이 들었다

비정한 도시

정녕 도시에서의 삶은

사람들이 각자 원하는 걸 이루며
가족과 함께 사는 게 어려운 걸까

비정한 도시는 관용이 없다
단 한 번 잘못된 판단으로 인해

어느 순간 극빈자로 내몰리는
지방에서 올라온 이들을 보게 된다

그렇다 도시는 잘 살기 위해 모여드는 게 아닌
죽기 위해 찾는 곳

불빛을 향해 달려드는
여름날 저 부나방처럼

대구탕

점심 때 혼자 먹었던
맵지 않게 맑은 탕으로 끓여 달라고 부탁한

며칠 전 먹은 대구탕은 맛을 느낄 수 없는
아무 맛도 없다고 쓸 수밖에 없는 맛이다

어긋나기는 돼지발톱이라고 하더니
그날은 모든 것이 꼬였다

함께 점심을 먹기로 한 친구는 오지 않았고
그를 기다리다 혼자 수저를 들었던 대구탕은

쓸쓸함이 더해진
어미 맛도 애비 맛도 없는 그런 끼니였다

플러스알파의 힘

인생은 사람들과의 경쟁이며

자기 자신과의 싸움이기에
이겨본 경험이 있는

플러스알파의 힘을 지닌 이는
때를 기다릴 줄 알고

때가 왔을 때 순간을 안다

승리의 경험이 있는 사람은
경쟁에서 이기는 방법을 안다

그런 연유로 이 땅의 사람들은 모두 승자다

입

146

입을 벌린 걸까
입을 닫은 건지

입이 있다
입이 없는

수많은 입을 봤다

입이 있어도
입이 있다고 할 수 없는

혓바닥에 침이 꽂힌
힘없는 가난한 입

어제의 기억

왜 어제는 못 놀고
오늘 놀아야만 하는 걸까

오늘 대신 어제를 되돌려
놀 수는 없는 것인지

정녕 지금 놀아야만 하는 건가

지나간 어제 놀고 싶었던
이미 과거인

寸陰을 현재로 되돌리고 싶다

놀 수 없는 놀고 싶었던
되돌아갈 수 없는 시간을 향해

여름 숲

풀을 세게 먹여 다듬이질한 옥양목 치마처럼
날이 시퍼렇게 선

손을 대게 되면 손가락을 베일 것만 같은
푸른 아주 시푸른 기운을

여름 숲에 서 있는 나무의 잎들은 그런 냉기를
지니고 있다

매달리면 휑하고 돌아서 휘익 뿌리칠 듯한
여인네 마음 숲에 들어서게 되면

전나무와 소나무를 향해 다가서게 된다
숲이 주는 서늘함 때문이랄까

숲은 어린 시절 잠깐 다녔던 서당의 분위기를 닮았다

갑자기 나타난 그

어느 순간 내 앞에 나타난 사람들은

아군이라기보다는 적군에 가까운
벽 뒤쪽 어딘가에서

총을 들고 겨누는 느낌이랄까

내가 아는 사람임에는 틀림이 없었지만
그들 무리는 아군이나 친구라는 개념보다는

친구가 아닌 적 그보다도 더한
원수에 가까운 부류랄까

알 수 없는 두려움과

불안감은 그런 것에서
온 것 같다

무명작가

눈 위를 지치고 나가는
소금쟁이라고 원고지에 썼다

머릿속에서만이라도
함박눈 쌓인 곳을

자유롭게 다닐 수 있다고 쓴다

그것들을 들녘에 풀어놨다

그가 연필을 쥔 상상의 마을에는
한겨울에도 소금쟁이가 스키선수처럼 달린다

지나간 자리엔 흔적도 안 남는다
눈이 또 내리고 있다

발가락 전주곡

오래 전 친구처럼 함께 논
검정 색 피아노를 쓰다듬다

건반을 두드리게 되면
과거로 되돌아간 소년과

검정고양이를 무릎에 올려놓고
야옹이 머리를 쓰다듬던

누님의 길고도 흰 손가락이 보인다

현안

152

구운 감자는 불 속에서 꺼내지 마라
바로 먹게 되면

입천장을 덴다

이렇게도 안 될 것 같고
저렇게도 안 될 것 같을 땐

서로에게서 조금씩 떨어진 뒤
시간을 두고 바라보도록 하자

현안에 대해

사업적인 것이든 개인적인 일이든
그 자리에서 바로 결론 낼 일은 아니다

어떤 상황에서도 감정적으로 대응할 일은 아니므로

덤프트럭 운전사

술에 만취해 트럭 앞부분으로
대문을 반쯤 막아놓고

필름이 끊겨 차를 찾아 헤매다가
밤 시간이 되어서야 나타나

거듭 죄송하다며 고개를 숙이고
곤혹스런 표정을 짓던 운전자로 인해

그날은 아내와 아들도 담을 타고 넘어
허둥거리며 출근을 해야만 했다

삶은 상식과 관계없이
어이없는 일을 겪기도 한다

행운

154

그는 불행을 떨쳐내기 위해
항상 그것보다 앞서 잠자리에 들었고

아침 일찍 일어나 그날의 일과를 시작했다

그런 생활로 인해
철물점 이 씨는 기쁨과 행복을 찾게 됐다

항상 먼저 온 불운으로 인해 온갖 괴로움을 겪은

그는 이제 운보다 한발 빠르게 움직여
좋지 않은 운세를 퇴치하는 방법을 스스로 몸에 익혔다

누구보다도 규칙적인 생활과 부지런함으로
시운불행을 그로부터 멀어지게 만든

요즘 이 씨는 사람들에게 행운 제조기로 불린다

낮잠

155

마루 위에서 죽부인 끼고
낮잠을 자다보면

소나기는 빠르게 지나간다

둥근 토란 대에
빗물이 맺힐 틈도 없이

시간을 느낄 수 없다
질긴 끈으로 묶어 놓을 순 없는 걸까

젊음도 함께

건망증

아내는 집에 없었고
아이들도 학교에 모두 간 시간

거실 소파에
서류봉투를 놔두고 온 까닭에

수리공을 급히 불러 자물쇠를 땄다

그날은 다른 방법이 없었다
열쇠를 챙기지 못했으므로

파고다 공원

157

많은 사람들이 지나다니는
종로 이가에서 삼가 오가로 이어지는

길 위에서 서울은 행인들로 북적거리지만

팔십 먹은 노인이 길바닥에 쓰러져
장시간 일어나지 못해도 눈길을 주지 않는다

매일 오후 그 곳을 나가보면
가로수 늘어선 거리에는

자동차와 리어카 상점 간판만 보인다

노인은 배터리가 방전 돼 울리지 않는
핸드폰을 손에 꼬옥 쥔 채 숨을 거두었다

집 나간 아들 소식을 기다린 걸까

웃음

158

울면서 살 것인가 웃으면서 살 것인가
한 발만 먼저 내디뎌

앞에 오는 이에게 우선 손을 내밀어

기왕이면 먼저 오는 사람
그 손을 맞잡고서

찡그린 얼굴 환하게 편 채 웃으면서 살자
울 일이 무엇인가

성난 얼굴엔 오던 복도 달아나니

처음 만난 이에게
나는 당신이 좋아지게 될 것 같아요

그렇게 그가 느끼게끔 웃으면서
사람들을 만나자

인생 시간표

159

　음양오행 천시에 맞춰 시간이란 물레방아를 쉬지 않
고 돌리면

　앞이 보인다 10 천간과 12 지지로 이뤄진 60 갑자를
따져보면
　그것들은 어떻게 변하는 성질을 갖고 있는 것인지

　작용 관계를 통한 조화 관계를 풀려면 어떤 방법을
찾아야할까
　10 천간을 올려놓고 각기 따로 변화하는 천간을 풀
려하니

　그 하나하나 일정한 순서를 따라서 움직이는
　저마다 다르게 변화하는 천간을 분석하면 열두 단계
과정을 거치는

　시침 위에 胞胎養生浴帶冠旺衰病死葬 인생 시간
표가
　열두 개로 나눠진 그 뜻을 좇다 보니 조금씩 보인다

미련한 이 사람 눈에도

지휘자나 어떤 악보도 없이
아침 햇살 빛날 때
금관 악기를 든 것 같은

햇빛을 받으며 악기를 다루
는 꽃을 봤다
눈부신 햇귀 아래

4부

개선행진곡

지휘자나 어떤 악보도 없이 아침 햇살 빛날 때
금관 악기를 든 것 같은

햇빛을 받으며 악기를 다루는 꽃을 봤다
눈부신 햇귀 아래

푸른빛으로 빛을 발하는

울려 퍼져라 색소폰과 플루트여 길게 울어라
출발 명령이 떨어지기도 전

대오를 정렬한 꽃들은 정원에서

노랗고 파랗고 빨간 꽃들을 피어 올려
초록색 풀잎들과 어울려 개선행진곡을 연주한다.

은행 잎

노란 카나리아
한 마리 두 마리 세 마리 네 마리

열 마리 스무 마리 삼십 마리 사십 마리

붉은 색 잠자리
한 마리 두 마리 세 마리 네 마리 다섯 마리

열 마리 삼십 마리 칠십 마리 팔백 마리

황금빛 잉어
한 마리 세 마리 다섯 여섯 일곱 아홉 마리

일백 이십 이 마리 삼백 오십 마리

하늘 강을 휘이이 날아다닌다
푸르고도 깊은 가을을 날고 있다

사물들

시간을 어깨 위에 올려놓고
무겁게 지고 간다

뭔지 잘 모르는
사물의 일부를 닮은

저 겨드랑이 냄새를 쫓아

날랜 걸음으로 길을 간다

사물들 민낯을 보기 위해
시간을 재촉했다

녹색 보도블록 위
햇볕이 늘어지는 오후에

안 돼

어! 이러면 안 돼

그냥 두고 볼 수만은 없어

어! 어! 어! 어!

아이를 길가에 놔둘 순 없어

너 정말 이러면 안 돼

무명 화가

그림 속 여인의 눈빛

그 주제는 고독이었지만
외로움을 느낄 수 없다

그가 그린 유화를 바라보게 되면

누군가를 떠나왔다는 생각에
쓸쓸함을 묘사했지만

고독단신을 창작 혼으로 감싼

그의 그림들은
바라보는 이를 외롭게 하지 않고

위안을 준다

술병

양주병이 쓰러져
술이 쏟아진다고 하여도

전부 다 쏟아지진 않아

즐거운 마음으로

석 잔인가 넉 잔 남은 술로 해장을 해볼까

누구나 살면서 어려움은 있다
그러나 선물도 남기는 법

목을 축일 수 있는
몇 잔의 술처럼

화가 K

예술은 상상력 스위치를 누르는 일

벼랑 끝에 서서도

그는 스위치를 쉬지 않고 눌렀다

입가에 웃음을 잃지 않고

화선지 위에다

붓으로 꾸욱 꾹 누르고 있다

단편 영화처럼 지나가는 인생

사업이 망하거나 누군가
이 세상을 떠나 속이 아프다고 하여도

쓰라린 가슴과 관계없이 배고픔을 달래기 위해선
빈 위장을 채워야 한다

입이 터지도록
푸른 상추에 된장 발라 삼겹살 얹어 우적우적 씹으면

망한 이도 씹어 보고 흥한 이도 씹어 보고
떠난 이도 씹어 보고 연거푸 씹다 보면

삼십 분짜리 단편 영화처럼 지루한 것 모르고

인생 또한 슉 가게 된다

어느 여름 금요일에

느리다 아주 느리게

황색 중앙선을 넘어가는 개

차를 멈춘 뒤
그 개가 지나가기를

개를 좇아 다리를 절뚝이는

늙은이 지나가기를 기다린다

한참동안을

햇볕 쨍 하고 깨지는

어느 여름에

졸업

누가 뿌린 걸까
아이들 머리와 가슴팍에 내려앉은 밀가루

고등학교 졸업식에 이어
중학교 졸업식인가

아이들은 뭉쳐지지 않는 밀가루를 뿌린다
하늘에서 뿌려대는 흰 눈처럼

아주 오래 전 일이다

고수

170

첫 한 수를 시작으로

좋은 수와 나쁜 수를 궁리할 짬도 없이
오로지 눈앞에 펼쳐질 수를 읽어나가는

고수는 현재를 냉철하게 산다

이것이 현재와 미래에서
상대에게 지게 될 바둑이나 체스가 아닌

대전에 임하게 되면 반드시 이기게 되는
고수 된 자의 자세다

스케치 북

서른아홉 고개 넘어 마흔으로 넘어가는
불혹 나이에

보이는 가 삶을 재게 그리는

마흔 아홉 고개 넘어
하늘 뜻을 안다는 쉰

막힘없이 들리는 쉰아홉 고개 넘어

이순 나이에 들어서면
거슬리는 소리 아예 들리지도 않는

시간이 시간을 빠르게 그리는 빼어난 솜씨

가마솥
172

자글자글 웅덩이 속
끓고 있는

가늘게 썰어낸 국숫발 같은 빗줄기

젓가락 들고 성큼성큼 걸어 나가

열무김치에 적당히 버무려

꼬불꼬불 빗줄기 후르륵 말아 올리면

아작아작 이빨 사이 씹히는 맛이라니

속삭임이다
귀에 들린 저 소리는

청산주점

느티나무 그림자
늦은 오후에 길게 뻗어 나갈 때

주막 앞 주렴 걷고 들어선
구부정한 사내 그 뒤를 쫓아

발을 걷어낸 손등 위 잠시 일렁였던
나뭇가지 긴 그늘

무슨 말이 필요 할 건가
고단한 길 위에서

탁주로 목이나 축이면 그만인 것을

彫像

나를 쪼거나 찌르지 마

내 몸에 정을 대지 마라
나는 그저 나이고 싶다

나를 쪼려는 이와 마주치게 되면

그를 향해 정을 들고 싶다

나를 향해
어떤 그 무엇도 하지 마시길

나는 그저 과묵한
돌이다

이 자리에서
그저 바위로 남고 싶은 까닭에

소나

175

털모자를 뒤집어 쓴 채
발을 동동거리며

학원수업이 아직도 안 끝난 걸까
버스를 오르내리는

사람들에게 눈길을 건네며
딸을 기다린다

밤이 늦도록 오지 않는 아이
이번 버스엔 타고 있지 않을까

혹시나 하는 마음으로
먼 불빛을 쳐다본다

종이비행기

삼층 창 아래로 셀 수도 없을 만큼

수없이 접어 날린

바람을 제대로 타지 못해

비뚤비뚤 땅바닥에 처박힌 종이비행기

저 비행기는

마음을 꼭 꼭 닫아걸고 접은

내 어린 시절 상처를 닮았다

천로역정

잰 걸음으로 골목길 들어선 이에게

마당 평상에 앉아 실없이 말 건네면

여름 소나기 후다닥

길가는 이에게 눈길도 주지 않고

무뚝뚝하게 지나간다

한 마리 늙은 고양이 담장 뒤로 사라진 뒤

삼촌
178

리어카 구석에 쭈그려 앉아
아이스케이크 빨면서

실한 어깨를 떠올리면

삼촌과 함께한 몸에 밴 땀 냄새 모래 냄새
연신내 벽돌공장 냄새

그 모두가 좋았다고

아이스케이크를 한 입 가득 물고서
삼촌 뒷모습을 바라보다

삼촌이 참 좋았다고

사람

장바구니 든 아줌마 그 앞 두부가게를 지나
늘어진 좌판과 좌판 사이

그곳을 지나치는 사람은 보이는데
그 사람 속심은 보이지 않는다

일상생활에 필요한 생필품은 주욱 벌려놨건만

건물과 건물 사이 골목길로 들어서면
사람은 북적이지만

정작 사람 같은 올곧은 사람 보이지 않는다
여기 사람 좀 나오라고

소리치고 싶은 한낮이다

멈춰 선 사내

180

소주 한 잔 마실 처지도 안 돼 보이는 남루한 행색

쭈글쭈글한 얼굴엔
검은 머리카락은 한 올도 남아 있지 않은 흰 머리뿐인

건너편 삼층 옥상 건물에서 아령을 들고 운동을 하다
보면

골뱅이 집 앞에 멈춰 선 사내를 내려다 볼 수 있게 된다

아주 거만한 자세로 리어카에 파지를 가득 싣고 있는
그를 관찰할 수 있는 시간을

그 무렵 나는 느긋하게 즐겼던 것 같다
알 수 없는 우월감에 젖어

도대체 그 감정은 무엇이었던 건지
단지 看客의 충동적인 욕망 때문이었을까

겸상

한숨 푹 자고 일어나

이마를 마주한 채

밥상을 앞에 놓고

군대 간 아들과 마주앉아

함께 밥을 먹고 싶다

오늘처럼 쾌청한 날에는

엘리베이터에서

발이 들어왔다 쑥
갑자기 손도 들어 왔다

기다려 주세요라는 말도 없이
닫히려는 문을 급작스럽게 저지한 뒤

남자는 미안한 기색도 없이
엘리베이터에 급히 올라탔다

미안합니다, 라고 말하는 게 어려운 걸까

언제부터일까 우리 모두는 염치를 모르는 것 같다
기본적인 것에 대해

천천히 다시 생각해 봐야할 것 같다

김성규

피처럼 붉은 저 수평선 위

그 빛보다 붉게 핀 꽃봉오리 닮은

그보다 더 농홍한 빛 바라본 이 없다

그는 저 먼 고요한 바다를

이제 막 찢고 나온

그래 그 안에 휘황한 여의주를

심중에 담은

눈부신 일출이다

우편배달부

184

택배가 곧 도착하게 된다고 전화가 걸려 왔다
귀하께서 부재중인 관계로

집에서 이백 미터 정도 떨어진 곳에 위치한 단골슈퍼에
노란 낙엽이 진 가을을 내려놓고 가겠다고 말했다

오늘 등기우편물을 배달하지 못한 집배원으로부터는
내일 오전 열시에서 열한 시 사이에 재방문 하겠다고
한다

전화를 넣어 물어보았다 어떤 우편물인지
굵고 믿음직한 목소리로 그는 말했다

고객님께서 오랜 시간 기다리셨던 흰 박스에 포장이 된
눈이 싸라락 내리는 겨울을 안겨드리기 위해

기쁜 마음으로 다시 방문을 하겠다고 한다
택배 기사는 늦가을을 몇 시간 전에 이미 야채가게에
맡겼고

집배원은 초겨울을 들고 내일 방문 하겠다고 한다
그들 모두는 내게 매우 고마운 이들이다

그들을 바라보기만 해도 엔도르핀이 솟아오른다.

네 안에 든 강

비단뱀이 친친 감은 것처럼 흐르는
온몸에 든 푸른 멍과 같은 강

고요히 흐르고 있다
깊이를 알 수 없는

강은 네 눈으로 흘러든 걸까
저 강은

고혹적인 눈빛처럼 반짝인다

그 물길을 바라보게 되면
장엄함에 까무러칠 것만 같다

너무나도 눈이 부신 칠월의 가람

고물 리어카

186

다리를 내달라는 그의 말에
다리라니 뭔 다리를

당치 않은 말에

그의 얼굴을 빤히 쳐다보다
부러진 내 왼쪽 다리가 아닌

겨드랑이로 짚고 다니는
알루미늄 크러치를 내놓으라는 말에

고물 리어카를 끌고 다니는
저 녀석 멀쩡한 다리를 부러뜨리고 싶은

그런 생각이 잠깐 들었다

223

가면

187

해골을 보면 죽어야만 드러낼 수 있는
반드시 죽은 뒤에만 내보일 수 있는

가면 뒤 가려진 맨얼굴을 본 것만 같다

가면을 벗은 얼굴을 봤다
죽음이 벗겨낸 가장 생생한 모습으로

이빨을 모두 드러낸 채
무덤 속에서 웃고 있는

우리 모두는 한 평생 살아가면서

저렇게 이빨을 드러낸 채
입이 찢어지도록 호탕하게 웃었던 적이 있었던 걸까

주인이 누군지도 모르는 해골을 봤다

짧은 휴식

담장 옆에 누워 정신을 잃은 상태에서
귓전을 흔드는 괴이한 바람소리를 들었다

의식이 없는 상태에 빠져있었던
그 순간은 회복을 위한 준비였던 걸까

죽음이란 시간은 누구도 모르게 온다더니
심장을 관통해 지나간 느낌을

찰나에 그는 느꼈다고 한다
주검은 짧은 휴식시간을 닮았다고

말은 말을 찌른다
189

네가 뱉은 말과 그가 뱉은 말들이 섞이면

말이 말을 씹나니 말을 흔들어 섞지 말자

네가 뱉은 그가 뱉은 말들이 너를 비웃다

네 가슴을 어느 순간 찌르나니 이제 그만

입을 꾹 다물고 가급적이면 말을 말도록 하자

입을 다물면 말은 말을 찌르지 않는 법이나니

술
190

눈보다 가볍게 깃털보다도
보드라운 마음으로

막걸리
한 잔 두 잔 석 잔 넉 잔

쭉 들이켜다 보니 속심이 가볍다

몸 또한 가벼워져
눈이 내리는 날엔 술을 마신다

물론 비가 내리는
우중충한 날에도 마신다

답답한 삶을 달래기 위해

벌컥벌컥

싸라기눈

191

뻥튀기 장수가 뻥 하고 터트리는 뻥 뻥 뻥 터지는 눈이다
뻥 하고 뻥이오

귀를 막고 기다리는 뻥 뻥 외치는 그 소리처럼
천지사방에 흐트러지는 눈이다

손등과 머리 어깨 위로 떨어지는 눈을 받았다
우수수 흩어지는 튀밥처럼 튀는 눈

손바닥에 올렸다 입 안에 쏙 넣어 보면

달콤하게 녹아내리는 눈이 온다 오누나 내리는 눈
뻥 뻥이오 소리에

하늘 위 하늘에서 뻥튀기 장수가 뻥 하고 뻥 뻥튀기를
외치는 소리처럼 들리는 고함에

고개를 쳐들면
하늘은 온통 튀밥처럼 터지는 눈이다

사하라

192

나의 의지를 너희들은 모른다
그동안 걸어온 길

되밟아가야 하는 건 아니지만

사막의 전갈이 되어서라도 가보고 싶다
알 수 없는

기억 속 아련한
나도 모르고 그도 모르는

예전에 떠나온 어딘지도 모르는
사하라 사막 깊숙한 곳으로

나는 돌아갈 것이다

감

193

낭창낭창 휘어진 나뭇가지 끝 수십 수백 개
목숨이 매달려 있다

떨어질 수 없다며 꽉 잡은 손 놓을 수 없다며

바람에 몸이 흔들릴 때마다
몸의 균형을 절묘하게 감잡고 있는

무게 중심이 흔들리게 되면
산비탈 아래로 떨어지게 될

이제 그만 힘들었던 손 그만 놓을 수는 없는 걸까

산비탈이나 밭두둑 아래 떨어져
거름이 될 수 있다면

그 자리는 네 있어야 할
마지막 자리 아닐까 생각해 봤다.

전화

사람 사는 세상에 꼭 이유가 있어야만

전화를 걸 수 있는 건가요

그래요 저는 가끔 누군가에게

아무런 일도 없이 전화를 합니다

사람 목소리를 듣고 싶을 땐

별다른 사유 없이 수화기를 듭니다

바쁜 세상에 뭔 할 일이 없어서란

지청구를 듣기도 합니다

때로는

겨울

드럼통 안에서 익어가는

따뜻한 고구마 냄새에 취해

발을 동동 구르며

언 손과 귀를 녹이고 싶을 때

독실한 신자

맹목적인 그런 힘은 어디에서 오는 걸까
모든 인간사회의 논리와 지식을 부정한 채

전철 안에서 자신들의 종교인 기독교를 전교하기 위해
마구 떠드는 광신도들을 보게 되면

웃지 않을 수 없다
그는 스스로 들이댄 논리랄 수 없는 장광설로 인해

헛웃음만 터져 나오게 했다
그 순간 남자는 그곳에서 가장 웃기는 존재가 돼 버
렸다

그런 존재가 된지도 모르고
예수를 믿으라는 자신의 생각만을 일방적으로 강요하는

그런 이와는 대화를 나누기 힘들다

삶았다

풀잎 위 내린 서리와 유리창에 낀 성에
냄비에 넣고 푹 삶았다

끓는 물에 삶고 나니 남는 게 없는
남긴 것 전혀 없는 허상을 봤다

유리창에 낀 성에와 풀잎 위 흰 서리
소뼈처럼 푹 우려내 먹겠다는 생각으로

식탐을 마냥 냄비에 삶고 있는
미련한 아낙 옆에 앉아

풀잎 위 내린 서리와
유리창에 낀 성에로 허기를 달래려는 사내

개나리

사월 따가운 볕 아래
하늘에서 툭 떨어진

별들 이름은

하늘하늘 긴 가지 끝
넘을 수 없는 선 넘어

햇볕과 간통한

하늘에서 쏟아져 내린
별님을 닮은 꽃

장고

깊게 생각하면 좋은 수가 나오게 된다

앞과 뒤 아귀가 딱 맞는

좋은 일이라고 해도 바로 그 일을 행하지 말고

다시 한 번 그 일을 되새겨본 뒤 행동에 옮기도록 하자

그러기 전 주역을 봤다
오늘 일진은 어떨까

무기력한 사내

발을 디딜 때마다
강남대로 앞에서 자동차 타이어 터지는 소리

팔을 뻗을 때마다 수많은 빌딩 위에서
남성연대 대표인 성재기 씨를 닮은 사람들이 날았다

눈을 치켜 뜰 때마다
거리의 맨홀 뚜껑을 차고 오물이 솟구쳐 올랐다

귀를 세울 때마다
경전철 공사로 인해 다이너마이트 터지는 소리

그것들을 모두 귀에 담으려고 하지 말자
교유하게 되면

빌딩의 옥상이나 한강 다리를 찾게 된다
몸을 던질 곳을 찾기 위해

울산면옥

가슴이 두근거릴 때마다
수십 수백 편의 詩가 비명처럼 쏟아져 나왔다

눈과 귀를 막고 모르는 척 외면하고 싶었다
그러나 사물들은 눈을 뚫고 귀를 헤집고 들어와

내 안에 든 나를 무력화 시킨 뒤 시 묶음을 펼쳐 놓았다

어느 순간 나도 잘 모르는
그것들은 내게 명령을 내리고 있다

군대 시절 소대장처럼

울산면옥 앞을 지날 때면 더욱 더 그런 것 같다
詩도 냉면을 좋아하는 걸까

어! 그것들이 또 쳐들어오려는 건지
가슴이 마구 뛴다

완전한 비밀

완전함이란 무엇인가 신성하다고 불리는
부를 수 있는 존재란 무엇인가

부처를 부르다 예수를 부르고 마호멧을 불렀다

결함이 없이 완전한 이름은 무엇인가
그들에게 붙여진 비밀에 대해

그들 이름 앞에 붙어
완벽한 존재로 누구든지 확신케 되는

신성관념이라 불리는

부를 수 있는 그 비밀 앞에서
귀를 기울였다

무릎을 꿇고

미시적인 것들

시간의 움직임에 반응하는 길게 뻗은 나뭇가지

미세한 실핏줄 같은 형상을 지켜보다

가지에 비친 그림자들을 그와 내가 함께 봤지만

그날은 각기 다른 모습의 미루나무인

다시 보게 된다면 어떤 감흥일까

그 순간에

자신의 의지와는 다른 방법으로

인생 자체가 끝나기도 하는 삶

그러나 허무하게 느낄 일도
가혹하다고 생각할 일도 아니다

어딘가를 향해 차를 갈아타고
먼 여행길에 나서듯

주어진 시간이 거기까지라면

싱숭생숭할 일도 아니니
모든 건 생각하기 나름이 아닐까

가능성

삶이란 단 한 번뿐인가 창조주에게 묻고 싶다
가능성을 열어놓고 본다면

은하와 별 생명체를 되살릴 수 있는 다중 우주가

수많은 우주 중에서 네 다섯 개쯤은 있다고 볼 수 있다
우리 모두는

우주에서 태어났으며 오늘을 살고 있다

다중 우주였다면 우리는 태어 날 수 있었을까
그런 의문과 질문을 던질 수 있을 것이다

물리 법칙은 매 주기마다 다르고 신비스럽게도 우리들은
우리가 태어날 주기에만 태어나 죽었다

다중 우주는 다른 주기에 있기에

비가

비가 오고 있다 돌담을 향해
철수와 영희를 향해 비가
눈이 내리고 있다
돌담을 향해 철수와 영희 머리 위로 눈이

일 년 열두 달 삼백육십 오일을 서 있게 되면 맞게 된다
돌담 위로 내리고
철수 머리 위와 영희 머리 위로 떨어져 내리는

눈과 비

뇌

207

깜박이는 초록 불빛을 본 뒤 분홍 불빛
그 다음에 다시 노란 불빛을 봤을 때

뇌에서 시간 편차를 두고 일어나는 일들을
지도로 그려낼 수는 없을까

눈으로 보고 귀로 듣고 맛으로 느꼈던 미각
그래 사람들 오감까지도 계산해내

도표화 시킬 순 없는 걸까

책을 읽는 동안과 등을 긁는 시간에도
의식은 앞으로 나갔다

정확히 말한다면
그 흐름은 전과 같은 상태론 되돌릴 수 없기에

귀천*

좁은 골목을 걸어 나오다

막걸리 냄새 혹은 호떡 굽는 냄새

아니 그가 좋아한 막걸리 냄새였다

인사동 골목길을 걷다보면

그가 생각난다

| * 고 천상병 시인의 부인 목순옥 여사가 운영하던 카페

졸음

나른한 오후의 졸음처럼
혀를 끌끌 차던 햇빛은

이제 막 점심 식사를 끝낸
몇 몇 늙은이들처럼

포만감을 즐기려는 걸까

바람이 땀에 젖은
머리카락을 시원하게 들쑤시면

은행나무 가지는 묘한 그림을 그린다

디지털 치매

누군가 내 뇌에 무단 침입해

수류탄을 던진 걸까

그와 만나 몇 시간 전 나눈 대화도

기억이 나지 않는다

한강변 물빛만 기억 날 뿐

벽돌

나는 벽돌이다
차곡차곡 쌓으면

담이 되는
붉은 벽돌이다

집을 짓기 위해
또는 담이 되기 위해

온몸을 내던져야 하는
나는 벽돌이다

뱃살 밥

손님들 썰물처럼 빠져 나간 뒤에야

난전 바닥에 주저앉은 채

아홉 시 이후에 먹게 되는 저녁 밥

배가 불룩 일어나게

고봉밥 씹어 삼킨 뒤

두툼한 뱃살로 남게 되는

긴 허무

포만감으로 달래리.

바람

오래된 장미원 간판을 흔들고
가만히 서 있는 사람들 뺨을 때리는

이 바람은 어디에서 일어나
애통터지게 하는 것인지

돌풍은 모른다
여기도 흔들 저기도 흔들리는

바라지 않았던 거센 바람은
내 몸과 마음을 마구 흔들고 있다

둥글게 살자

더우면 더운 대로 추우면 추운 대로

걸쭉한 맛도 보고 산뜻한 맛도 느껴보고
뭐 다 그런 거지 덥다 더워서 못 견디겠다

춥다 추워서 못 견디겠다 그렇게 말할 건 없다

더우면 어떻고 추우면 어떤 가
모든 것들은 지나간다

여름도 또한 겨울도 지나가나니

묻지 마 살인자

굳게 다문 입술을 방울뱀처럼 미소 짓다
주체할 수 없는 분노를 터트린

어느 날 매우 운이 나쁜 이들은 그를 만났다
그를 만나게 된 사람들은

배와 가슴이 헝겊처럼 찢겨진 채
거리의 으슥한 곳에서 죽음을 맞았다

그렇게 아무런 죄도 자신과 연관도 없는 이들을 향해
그는 마구 칼날을 휘둘렀다

싱긋 웃는 눈으로 얼굴을 마주 대한 채
이유를 묻지 말라며

詩論

⓰

詩에 대해 詩가 무엇이냐고 몇 마리의 고양이와 개들
이 내게 물었다
　나는 모른다, 모르겠다고 말했다.
　시내를 바쁘게 오고가는 버스가 물었다 詩에 대해 시
가 무엇이냐고 물었다
　나는 모른다, 정말 모르겠다고 말했다.
　詩가 무엇이냐고 도심 속 우뚝 선 고층 건물들도 우
루루 달려와 내게 물었다
　나는 모른다, 모르겠다고 말했다.
　군부대에서 튀어나온 한 대의 탱크 아니 두 대 세 대
의 탱크도 詩에 대해 물었다
　나는 모른다, 모르겠다고 거듭 말했다.
　그렇다 詩는 알 수 없는 신묘함이 깃든 그 어떤 무엇
이라고 어느 순간 갑자기 깨쳤다.
　그 안에 詩의 웅숭깊은 오묘함이 숨어 있는 건 아닐까

고 畫伯

풀밭 입에 물고 삼광조
화산 입에 물고 밀화부리

풀밭 입에 물고 날아가던 삼광조
풀밭을 강 위에 떨어뜨렸다

화산 입에 물고 날아가던 밀화부리
화산을 강 위에 떨어뜨렸다

첨벙 넘실대는 강물 위에 풀밭을
첨벙 넘실대는 강물 위에 화산

강이 꿀꺽 삼켰다 풀밭과 화산을
연신 담배에 불을 붙이는 고 화백

붓을 쥔 그 손은 게으름을 모른다

삶은 계란

계란을 냄비에 넣고 삶았다
푹 삶아 껍질을 벗긴 뒤

잘록한 허리에서 어깨선까지
선명하게 드러난 요염한 몸뚱이

잘 익은 계란을 곤소금에 찍어 먹었다
그러다 입천장을 데었다

시장기에 급하게 먹다보니
서너 개까지는 목구멍으로 넘길 수 있었지만

네 개째엔 그만 입 속에 든 계란을 뱉어낼 수밖에 없었다
찬물로 입을 헹궜다

정갈하게 씻어놓은 찬장 안 사기그릇처럼

꽁치

219

세찬 비바람에 우산이 뒤집힌 날
약국을 찾아가다 개를 만났다

불안함이 마구 굴러다니던 충혈 된 눈빛으로
나를 올려다보며

춥고 배가 고프다며 밥을 달라고 애원하는 듯한
그 몸짓을 외면할 수 없어 강아지를 안았다

생선 썩는 냄새랄까 코를 찌르는 역겨운 냄새에
기함하지 않을 수 없었던

꽁치와 나는 거리에서 만나
오랜 시간을 함께 보내고 있는 길거리 인연이다

나를 보게 되면 달려와
꼬리를 살랑살랑 흔드는 꽁치는 유기견이었다

통증

버스를 타고가다 갑자기 동묘에서 내리게 됐다
사람들이 모여 있다

허전한 목을 감추기 위해
물방울을 수놓은 자주색 스카프를 샀다

그러다 어금니에 폭격을 당한 것처럼 치통이 왔다
심한 통증으로 인해 음식물을 씹을 수 없어

불쑥 짜증이 치밀어 올랐으나
그렇지 않다 즐겁다고 생각해 본다

그러나 그저 생각뿐이다
눈까지도 침침해져 시야가 흐릿하다

나이가 든다는 건 이런 걸까

솔개

221

느긋하게 동심원을 그리다
마당 아래로 내리꽂듯이

일찰나 생쥐를 꿰고 날아오르던
그 모습에 잦바듬하게 넘어질 뻔한

이층 창으로 본
솔개들 사냥은 너무도 고요했다

저물녘 천천히 삼라만상을 삼키던
붉은 일몰까지도

그 모든 것들과 교감을 나누기 위해
그것들은 날갯짓을 서둘렀던 걸까

어둠이 밀려들기 전
몸을 감춘

너 솔개여

물음표

물음표 닮은 귀를 지닌
그는 귀를 바짝 세운 채

여자에게 다가갔다
뾰족한 그러나 둥근

무언가 기대되는 마음에
의문부호로 다가온

속이 훤하게 들여다보이는
그 목소리를 들으며

남자는 느릿느릿 다가갔다
의문이 풀릴 일은 없겠지만

체벌

223

콜라병을 발로 찼다
사이다병과 맥주병도

누군가 마신 뒤 문 밖에 내놓은
빈병들을 보게 되면
그것들을 쓰러뜨리고 싶다

그런 뒤
그들에게 정중하게 미안합니다

잘못했다고 사과한 뒤
문 앞에서 손을 들고 서 있고 싶다

어릴 때처럼
아니 그 순간들을 모두 지우고 싶다

貪心

⑳

그가 마음을 끓이는 걸 봤다
그는 섭씨 몇 도에서

마음이 끓는 걸까
그가 속에서 끓이는 사물들은

썸씽 토스트 혹은 맥도널드 햄버거

나 자신 또한 마음 냄비에 끓이고 있는
상념은 무엇인지

시의회일까 혹은 방송국
신문사 또는 국회의사당일까

모르겠다 뿌우연 도심 스모그처럼
심욕이 내 눈을 가린 까닭에

문득 알았다

문득 들었다 강가 모래알들이 흩어지는 소리
얼결에 본

흰 꽃들 피는 모습

거센 바람에 창호지 찢어지는
옛사람이 쓴 글을 읽다 눈이 트이고

앞집 닭이 우는 소리에 귀가 열렸음을
옆집 개가 뛰는 소리에

마음 빗장 열림을
그 자리에서 들었으며 느꼈더니

이젠 나도 알겠다
흐릿하게나마 무언가 보임을

아!

226

아, 젊은 얼굴
젊은 그 얼굴을

아! 하고 날린

我를 찾아 길을 나선

아! 한 마디에
모든 것을 담아낸

아를 만난
그를 봤다

어느 봄날에

석수장이의 노래

박승미 시인에게

곱다래진 얼굴 내미는 집채만 한 바위
거기 그 화강암 속에는 또 다른 세상이

정으로 쪼아야만 창조할 수 있는 신비한 세계
그 속에 괴까다롭게 숨어든 그녀 눈웃음을 연신 건넨다.

음각으로 쪼려다 양각으로
그대 숨소리를 무딘 손끝 사이 어긋난 망치질에 담았다

자꾸 달아나려는 더딘 마음 새 슬금한 눈길 잡으려
돌 속으로 뛰어든다, 손목에 힘을 주어 돌이 품은 결을 따라

정을 들면 일순 튕겨내는 그 돌을 다시 쪼아대면
망치질엔 우울한 마음 실린다

어둠을 잘게 쪼는 정갈한 힘 아무래도 길은 이 길 뿐
이라는 마음으로
정을 쥔 손 놓지 않고 재게 놀린다

심기일전해 절차탁마밖에 다른 방법 없나니
　석수장이는 쉼 없이 돌을 쪼고 있다 그녀를 다시 만
나기 위해

다람쥐

산을 타고 오르는 다람쥐
재빠르게 움직일 때

산을 움직이는 갈색 다람쥐 한 마리
어, 다람쥐가 물고 간 붉은 산

산이 운다 다람쥐에 깨물려
도토리와 밤처럼 씹히는 산

가을은 그렇게 깊어간다

쥐
229

하수구를 빠져 나온
한 마리 쥐

그 까만 눈알을 들여다봤다
불안한 눈빛으로

연신 주위를 두리번거리며

음식 찌꺼기를 주워 먹던
그 걸음을 좇다

돌멩이를 던졌다

뭔 심술인지 저것도 생명이거늘

長安 城

성벽을 오르기가 무섭게
고물 사진기를 들이대며

속성 사진을 찍으라며 누런 이빨을 드러낸 사진사

돈이 없으면 머리라도 내놓으라는 건가
중국인 찍사는 사진기를 들고서

적의 공격을 막기 위해 부월을 휘두르던
명나라 때 장수와 같은 표정이 돼

계단을 오르는 이들 정수리를 도끼로 아니
사진기로 찍겠다고

관광객들 앞머리가 보이자마자 셔터를 누른다
나는 그자의 뒤통수를 내 스마트폰으로 찍었다

장수하늘소

장수하늘소 등 위에 올라탔는데
하늘소는 보이지 않고

산에 올라섰는데 뒷산은 보이지 않을 때

장수하늘소와 함께 으늑한 산 사이로
축축 늘어진 삼라만상을

어찌하면 날아오르게 할 수 있을까

들숨과 날숨을 쉬어보지만
뾰족한 수가 보이지 않을 때면

눈을 돌려 나무를 바라보다
내 안에 든 잠잠한 것들을 끄집어낸다

그것들이 살아 움직이게끔

손에 쥔 주사위 둘 혹은 넷
여섯 또는 여덟 개를 차례
대로 던진 뒤

어떤 특정한 한 쌍의 수
두 쌍의 수 세 쌍의 수 네
쌍의 수가 나올 확률 5부

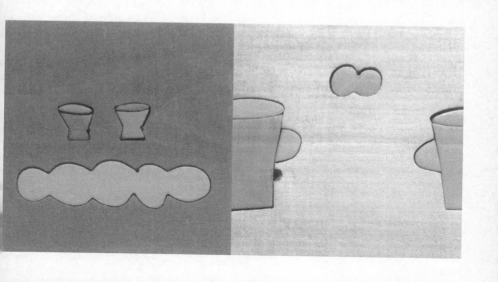

승부수

손에 쥔 주사위 둘 혹은 넷
여섯 또는 여덟 개를 차례대로 던진 뒤

어떤 특정한 한 쌍의 수
두 쌍의 수 세 쌍의 수 네 쌍의 수가 나올 확률을

주사위를 던진 이에게 묻는다면

어떻게 답할 수 있을 건가 나올 수 있는 경우가
모두 다른 개연율을 갖고 있을 때

하나의 특정한 결과가 숫자로 나올 공산은 매우 어려
운 일이다
계산이 안 되는 보이지 않는 수

길가다 벼락 맞게 될 극미한 수로 인해 두려워하지
말자
운 좋아 복권에 당첨 되는 것처럼 인생은 도박이다

과감하게 주사위를 던지도록 하자 그 세계에 몸을 묻
어보자
당신은 이미 수억 개 정자 중 하나로 이 세상에 왔다

인생은 출발점부터 확률 게임이므로

절교
233

맹한 사람과 잘난 사람들을 버리려다
그래 일 년만 더 새로 산 수첩에

그 이름들을 옮겨 적었다

맹한 사람과 잘난 사람들 이름을
지상에서 가장 멍한 사람이

수첩에 옮겨 적었지만
그 이들 수첩에선 이미 지워진

멍청한 이 사람은 누구도 버리지 못한 채
그들 모두에게 버려졌다

중심부

세상 모든 이치는 중심으로 몰린다
그렇기에 중앙이 되어야 한다

돌고 또 돌아도 정중앙에 들어 설 수 없다는 이치를
모르는 이들은

발바닥이 부르트도록 돈다
자신이 중심임을 깨닫지 못하는 이들은

그저 주변부를 빙빙 돌기만 한다
그 언저리를 맴돌기만 하여도 위안이 되는 걸까

그렇다면 돌아야지 마냥 돌다가
뺑돌아 버릴 때까지 도는 것 말릴 수 없다.

자신이 중심이 되기 위해선
주변에 연쇄파급 효과를 거침없이 일으키게 하는

킹핀*이 되어야 하는 건 왜 모르는 걸까

| * 킹핀 (King pin) : 파급효과를 일으키는 급소

어느 인생

다 떨어져 구멍이 숭숭 뚫린 작업복에
밑창이 홀랑 나간 헌 구두

네 삶도 그렇지
그래 그렇다고

어느 인생살이라고
뭐 다른 게 있을까

이제 그리 많이 남은 것 같진 않으니
조그만 더 힘을 내시게

알맹이만 빼 먹고 내버린
찌그러진 꽁치 깡통 같은 삶

내일이란

등을 돌린 사람들은 등을 돌린 채
그대로 놔두고

내 앞으로 다가오는 사람은
그대로 다가서도록

일 년 십 년 이십 년이 지나갔다
많은 날들이었다.

삼백육십 오일 삼천육백 오십일 그 많은 날들이
저기 또

내일이란 이름으로 오시는 분은 내일 또 만나리
만나 뵐 수 있음에

감사한 마음으로

긴 터널

긴 터널 지나게 되면 밝고 환한 햇살이
앞에 서게 된다

앞으로 나가자 좌절과 절망을 내던진 뒤
바로 네 앞에 서게 될

희망이란 빛을 향해

사람 죽이는 건 병마가 아닌 절망이다
사람을 살리는 희망을 향해

터널을 지나가자
멀지 않은 곳에서 손짓하는 행복을 위해

그곳에 도착해봐야 알 수 있는 일이긴 하다

운명

238

당신이 그곳에 있는 시간에
그는 머물지 않기도 하고

그가 존재하는 시간에
당신은 실재하지 않기도 한다

어쩌다 시간이란 거미줄은
우리들 모두를 엮어

눈에 보이지 않게
숨통을 바짝 조이기도 하기에

나와 그는 같은 시간대를
아님 전혀 다른 시간을

어쩌면 그도 모르고 나도 모르는
초인간적인 힘에 의지해

삶을 살아낸 걸까

붉은 새

새벽은 푸른 바위를 닮았다

아니 붉은 새

그 날갯짓을 닮은 걸까

눈앞에 얼씬 거리던
그 무엇은

환영이었나

주변엔 아무것도 없었다

섬뜩한 뭉크

에드바르크 뭉크를 떠올렸다
뭉크란 이름은 왠지 뭉클하게 다가선다

어떤 이유로 인해 그를 떠올리면 뭉클한 걸까

죽은 아이와 엄마라는 화집 속 그림을 찬찬히 들여다보다
귀를 막고 서 있던 그 아이는

내 모습이었으며 그의 생김새였던 걸까
뭉크는 그런 모습들을 화폭에 옮겨놓았다

그 붓질에서 살아난 그림들은
망치로 머리를 때리는 것 같다

뭉크가 진료소를 떠날 준비가 되었다고 느낀 뒤에 그린

코펜하겐에서의 자화상은 그의 불안한 감정을 잘 보여주고 있다
매우 지친 억눌린 표정을 통해

나는 나 자신의 오래 전 얼굴을 본다

어느 여름 날

한 되들이 막걸리 주전자 출렁이며 들고 가다
돌부리에 걸려 넘어지고 말았다

후드득 참새가 떼를 지어 날아가던 논두렁 위
손에 든 술주전자

맨땅에 처박았다

내가 돌아오기를 기다리다
쯔쯔 혀를 차시던 할아버지 눈길에

고개를 푹 숙인 채 아무 말도 못했던
찌그러진 노란 색 양은 주전자를 보게 되면

마시지도 못한 채 논두렁에 쏟은 막걸리가 생각난다

쉰내 나는 과거

242

생각을 열면 시간이
지나간 과거 시간과 미래

시간을 열면 서점도 보이고
책을 읽는 남자와 여자

꽃가게와 옷가게도 보이고

과거 시간을 찌르면
마모된 삶 앞에 모습을 드러낸

담담한 상념이 드러난다

쉰다섯 고개를 넘어서며
쉰내 나는 과거 시간을

푹 찔러봤다
푹

우주여행

243

로켓은 끝없이 광활한 우주를 날았지만

마지막을 알 수 있을까
끝을 알지 못한 채 앞으로 나가는

우주 공간 속 비행 여정은 누구도 모른다

이후의 시간표는 모른다
알 필요가 없다

비행사가 아닌 이는

자신감

희망이나 자신감을 가동시킬 수 있는

플러그가 빠져 있는 사람은 앞을 향해 나가지 못한다
먼지 낀 채 멈춰 선 기계에

전력플러그를 꽂아 엔진을 힘차게 돌리자

늘 제자리걸음인 사람들 머리에 플러그를 꽂아
희망이란 이름으로 자신감을 가동시켜 보자

플러그를 다시 꽂게 하는 결정적인 열쇠는 무엇인가
그것은 안 된다고 말하는 나약한 의지를 버리고

틀림없이 자신이 원하는 걸 해낼 수 있다는 확신이다
강한 자신감은

희망과 운을 따르게 하는 씨앗을 뿌리게 하므로
그 힘은 네 안에 있다

오늘

어제는 어제고
오늘은 오늘이다

그러나 오늘을 살아야만
내일이란 희망을 만날 수 있다

다가올 미래는
지금 이 순간을 살아낸 사람에게만 온다

살고 볼 일이다

설사

246

뭘 잘못 먹은 걸까
상한 음식을 먹은 것 같지도 않은데

그냥 주루륵 아래로
고장 난 수도꼭지처럼 흘러내리는

참을 수 없는 용무로 인해

집을 나선 뒤 가까운 화장실을 찾아
헤맬 수밖에 없었다

오늘은 바지 지퍼를 한 시간도 안 돼
세 번이나 연거푸 내리게 됐다

수돗물처럼 줄줄 새는 설사로 인해
똥구멍이 쓰리다

농담

247

단어와 단어들은 각기 돌아다니다
그들 힘만으로도 새롭게 엮여

유쾌한 농담을 만들어 내기도 한다

조립품을 짜 맞춰 완제품을 만들어내는 기술자처럼
24시간 편의점에서 누군가와 만나 농을 나누다보면

관계는 농담을 통해 만들어지기도 하고 깨지게도 된다
그렇다고 그런 두려움으로 인해

해어를 끊을 순 없다

대화 중 놀랄 일이 생겼다고 해도 놀라지는 말자
농담에는 인플레이션적인 요소가 강하게 작용하는 법

집단 광기처럼 골계를 두려워 할 일은 없다
단어들 조합은 때로는 엉뚱하게 맞춰지므로

말은 말일뿐

어떤 방

나 또는
나를 중심축으로 돌게 만드는

집착이란 공간은 경계를 만들게 한다

중심이 있는 곳에는 임계가 있다
그것이 확대된 계경인지

지극히 제한된 계역인지는

동서남북과 위아래가 없고
시간이 없는 그런 곳

나로 인해 시작된 중심이 없는
공간에 서 봐야만 알 수가 있다

그 공간은 어딜까

하이에나

249

시침과 분침은 쉼 없이 돌면서

우림 식당과 새로나 마켓 예인 교회
정씨네 정육점

지오 미용실을 갉아 먹는다

시간은 채깍채깍
이 땅 위

그 모든 것을 먹어 치우는

이빨 없는 하이에나다

등 뒤에 선 울타리

모든 시간은 등 뒤에 넘어서기 힘든 울타리를 만든다

번리 안에서 함께 웃고 즐긴 짧게 온 행복한 순간은
시간이란 울을 넘어서게 되면

일순간 지나가게 된다

오년 전 그녀에게 빌려줬던 책을 되돌려 받는 느낌
십 오년 전 그녀에게

네가 느낀 감정의 올은 남아 있지 않다

시간이란 위웅을 넘어서게 되면 그 결은 흐려지게 된다
그녀는 전과 다름없이

네 앞에 앉아 있지만 울짱 넘은 감정은
다시 안으로 들어설 수가 없다 과거란 그런 것이다

방콕에서

251

목줄을 쥔 채 코끼리 옆에 서 있던
소년은 며칠을 굶었다고 했다

나를 향해 꼬리를 살랑거린 늙은 코끼리
그러다 코끼리는 소년의 눈짓에
꼬리를 흔들다 바닥에 무겁게 주저앉았다
아이에게 이십 달러짜리 지폐를 주었다

우선 가까운 식당에서 밥부터 먹어라
코끼리에게 사탕수수도 좀 사 먹이고
아이는 나를 보고 희미하게 웃었다

배가 고픈 한 마리 코끼리와
사내아이를 본 뒤 나도 심하게 허기를 느껴
길가 건너편 식당으로 걸어가
태국식 국수인 꾸어이 띠아우를 씹으며

매운 맛이 목구멍을 찌르는 비빔국수를 떠올렸다

칼국수
252

창 밖 느티나무 가지 뻗어
연한 잎을 내미는 새순과

종종거리며 부리로 무언가를 쪼아대는
암탉 한 마리까지

냄비에 넣고 칼국수를 끓였다

시끌벅적 떠드는 장사꾼 소리
종달새 울음소리도

면발에 김치 얹어 아자작 씹는
머릿속에서 그런 그림을 그린 뒤

이만하면 오늘 점심은 훌륭하지 않은가

문을 가만히 연 뒤 옆집 아저씨를 불렀다
그와 칼국수를 함께 하기 위해

식당에서

오늘도 밥을 먹다
몇 통의 전화를 받았다

아무개는 병원에 입원을 했고
어떤 이는 결혼을 한다 하고

누군가는 팔순 잔치를

인생은 식당에서
저녁을 먹기 위해 기다리는 시간에도

잠시 잠깐도 참지 못하고
일을 내는 것 같다

고달프고 괴로울 때면 소리라도 지르고 싶다
경주에선 리조트 지붕이 습설로 무너져

학생들이 죽었다는 소식까지

물방울로 멈춰선 시간

시간을 세워보자
구르다 만 방울로 멈춰 선

그 무게는 물방울 구르는 소리를
느낀 걸까 느끼지 못한 걸까

나뭇가지에 달랑달랑 매달려

순 은빛을 발하는
순간 멈춰선 것 같은

길다 아주 길게 느껴지는
은방울들이 멈춰 선 일찰나

구슬처럼 뀔 수는 없을까

나선은하

일 은하 년을 일 년으로 봤을 때
십초 정도 밖에 존재하지 못하는 몸으로

사십 은하년 이상
그곳에 실재한 그 항성을

관측한 뒤 어떤 의미를 깨닫기에는 너무 짧은 삶이다

윤회로 다시
이 몸이 세상에 오게 된다면

그 때도 나선은하를 바라볼 것이다
은하 년을 기준으로 잠시 밖에 볼 수 없다고 해도

그러나 내게는 아들이 있다 내가 아닌 아들의 아들
그 아들의 눈으로도 살펴보게 할 것이다

이 뭔가란 화두를 주기 위해

백수

256

물 마시고 밥 먹는 행위

숨 쉬는 소리도 귀찮다고 한

낮 시간에 벌렁 드러누워

코 고는 소리

그러다 찌그러지고 말

시간을 뭉개는 네 모습엔

십년 뒤
우글쭈글한 삶이 보인다

노상방뇨

길가 후미진 담장에 살짝 기댄 채
물을 버렸다

아 아 시원하다
분수처럼 솟구쳤다 떨어져 내리는 물소리

그러다 꼭뒤에 느껴지는 민망한 시선으로 인해
수도꼭지를 잠그기 위해

아래에 힘을 줬지만
꽉 잠기지 않아 흘릴 수밖에 없었던

시들한 물소리
버스정류장 옆 저 여인들은 이 소리를 들은 걸까

순간 나를 지우고 싶었다
그제야 담벼락에 보이는 가위 그림

298

Buzzer Beater

멈춰 선 시간을 날아

그를 그 자리에
털썩 주저앉힐 순 없는 걸까

농구공이 빠르게 날아가
그물이 출렁이듯

삶은 가끔 대역전이란 드라마를 만들기도 하기에
끝까지 포기할 수 없어

오늘도 나는 공을 던지듯
세상이란 바다에 삶을 던진다

과감히

청운우물

259

좁은 골목 한쪽에 서 있던 우물이 그리웠다
없어진 기와집도

아이들이 뛰어 놀던 먼지 풀풀 날리는 기억들과
삶 안에 깃든 땀 냄새

흩어지고 부서지고 삭제된
눈에 익고 귀에 익은

그런 것들은 백년도 채 되지 못한 시간을 견디지 못해
사라졌다

여름이면 시원한 물을 두레박으로 퍼 마실 수 있었던
청운우물처럼

이제 그것들은 모두 그리움이란 이름으로만 남았다

즐거운 시간

일찍 깨어 일어나
침대에서 잠깐 동안

맨손체조로 가볍게 몸을 푼 뒤

아랫배가 묵직함을 느껴 변기에 앉았다

그러다 뱃속에서
커다란 장어 한 마리가 빠져 나왔다

아 으으 아 아
묘한 쾌감이라고 할까

어떤 삶

261

자신에게 주어진 시간을
아무것도 아니라며

살아가는 것도 삶일 수 있는 걸까

무표정한 사물 같은 그에게
측은함을 느껴 물었다

생에 대해

삶은 아무것도 아닌 것을
알아가는 과정이라고

어떤 이가 말했다
그는 정녕 삶을 알고 말한 걸까

삶을 삶아버리고 싶다

일기

다가올 시간들은
빡빡하지 않게 살고 싶다

내일 저녁 일기에는 겨르롭다
그래 그렇게 쓰게 될 것이다

몸과 마음이 매우 편한
나 자신을 그려본다

헐레벌떡 너무 쫓기지 않고

앞으로는 그렇게 살 것이다
헐겁게

303

마음 밭

그가 내게 지금
무엇을 하느냐고 물으니

나 자신이 일궈야 할
밭에 있다고

내가 먹을 푸성귀는
스스로 가꿔야 하기에

쉬지 않고 호미 든 손
데바쁘게 움직인다고

느리게 말했다
아둔한 제자에게

최해 氏

문자가 들어왔다 최해 씨로부터 온
정중히 모시겠다는 초대

아는 이라고는 고려 때 사람뿐인데

누군가 내게 시간과 공간을 허락해
과거로 가는 타임머신 승차권을 제공하려는 걸까

궁금증을 풀기 위해

어떤 방법으로 답신을 해야 하는 건지
오전 시간 내내 무르춤했다

그와의 교감을 위해
'빗속*의 연꽃' 이라도 다시 읊조려야 할 것 같다

여전히 죽지 않고 살아 있다는 그

| * 고려의 문인 최해의 詩 우하(雨荷)에서

나른한 오후에

사무실 공간을 날아다니는
파리와 나 사이

그 간격은 1미터 아니 2미터쯤 될 것 같다

놈은 책상과 소파 사이를 헤집고 날다

내 손에 쥔 파리채에 맞아 떨어졌다

명이 끊어졌을 녀석을 찾았다 그러나 어디론가 몸을
숨긴

오후의 지루함을 달래기 위해선
창으로 들어온 똥파리라도 잡아야 한다

그런 연유로 파리는 존재하기에

순정

가늘게 내리다
굵게 굵은 빗줄기 돼

그 집 연녹색 문에 부딪혀
으스러지는 비를 바라보다

저 안에 언제부터

누군가에게 끝없이 구애하는
비장한 마음이 있었던 걸까

아무런 조건도 이유도 없이
하염없이 부질없게

내리는 새벽 비

회상

시간이란 눈내에 코끝이 아린 고개를 넘으면

볼록 솟은 봉분 뒤
기억은 멈춰 있다

그와 함께한 젊은 시간을 되돌려
걸어 볼 수는 없을까

혼자 넘는 구십 고개에서
그를 불러내 중저음 목소리를 다시 듣고 싶었다

장마

268

급작스럽게 쏟아지는

하늘에서 떨어져 내리고

지붕 위에서도 내리는 드센 비

기와지붕에서 떨어지든

하늘에서든 그것에는 관심 없다

몇 날 며칠을 내린다고 해도

저 비는 그치게 돼 있다

마냥 울 것처럼 보채며 우는 아이도

어느 순간 울음을 그치듯.

L.K.M

붉은 칠이 벗겨져 덜렁거리던

양철 지붕 앞에서

심중을 흔드는 바람은 이제 그만

추억이란 투망질에 걸려들어 버둥거리다

함께 영화를 보러 다니던

친구 생각에

구부구불 도심 골목길을 혼자 걷다

K.M을 떠올린 순간

주머니 속에서 길게 벨이 울렸다

오랜만에 걸려 온 그의 전화

굴렁쇠

두런두런 햇빛 속 전깃줄에 앉아 있는 참새들처럼
새들도 아는 걸까

하얗게 말라서 삐걱거리는 부끄러움을

저기 저 어디인가 굴렁쇠 굴리며 반바지 차림으로
비죽이 솟아 오른

강아지 풀 밟으며 둑길을 뛰어가는

이제는 쓰러져 다시 볼 수 없게 된 그 어디쯤인가
절그렁절그렁 혼자 달리는

바람보다 햇살보다도 앞서려는

소년에게 묻고 싶다 칠십 년 전 검은 머리 앳된 그 모습을
앞서서 뛰다가 본 적이 있느냐고

실종

한 아이가 있었다
아주 작은 아이

그 아이 놀이터를 헤매다

엄마를 찾기 위해
사람들 속으로 들어가 파묻혔다

그 뒤 단발머리 소녀

찾을 수 없었다
수십 년 시간이 흐른 뒤에도

사람에 갇혀

편고제

햇살이 고래 등에 꽂힌
무수한 작살처럼

카페 창에 꽂히는 오후

인사동
골목 언저리를 배회하다

늦은 점심을 끝낸 뒤

앞니와 어금니를 쑤셨다
이쑤시개로

길가 벤치에 앉아
그저 이빨만 후벼 팠다

시간을 죽이기 위해

깜박할 새

새가 날아간다
깜박할 새

새가 날아오른다
틈새로

새는
날아갔다

청춘도 함께

그 시간 이후

시간이 문을 두드리고 있다 퀭한 시간 그 눈빛에
그 옆을 살짝 지나쳤는데

머릿속에서 과거와 현재 미래가 돈다

그 순간 소용돌이가 돼 과거 현재 미래를 날렸다
휙 날아간 과거와 현재는 어디에

어떤 시간을 선택해야 할지 모르겠다

그도 모르겠다고 한다
막연한 공포감과 두려움을 느낄 뿐

아니다 앞으로 올 미래는
새롭게 새로운 마음으로 받아들이면 즐겁다

위안부 할머니

아리고 쓰리다 아베 신조와
아소 다로로 인해

아! 아! 아베, 아베

아소, 아소가 쏟아내는 군국주의 망언에

할머니들은 속심이 아리다
탁난치게 소리치다

꽃이 돼 진다 시붉은 꽃잎 떨어진다

군홧발 아래 밟힌 저 恨을 어이 할꼬 !

언제 해결 되려나

긴 세월 동안 풀릴 것 같지 않은
우리 모두 가슴에 깊이 새겨야만 할 문제

벽화

276

모든 이가 그림을 그릴 일은 아니지만
마음속 벽에다 그림을 그리자

그런 뒤 썰매를 타고

언덕 아래로 신나게 미끄러져 내리는
시간여행에 몸을 맡겨보자

왜 마음속에서 붓을 들지 못하는 걸까

추억을 그려보자
긴장된 속마음을 벽화 아래 풀어놓고서

옛 시간을 그리자

슬픈 날

오리가 죽어 슬프다
잘 꾸민 길거리 창녀처럼 예쁘게 보인다는

가창오리가 호수 주변에 널브러져

어제도 슬펐고
그제도 슬펐고 오늘도

내일 또한 속바람을 일으킬 것인가

오리들이 죽었다는 소식을 들은 뒤

동료 시인의 부고를 접한
지금 이 시간에도

나는 슬펐다
애통해 하지 않을 수 없다

햇살이 눈을 찌르는 몽롱한 한낮에

무심

278

사내는 나무 아래 앉아

끝없이 쫓아다니는
그림자를 지웠다

미루나무 그늘 아래에서

그러다 제 그림자가 사라졌음을 알았다
무심하게 나무 아래로 들어선 뒤

아상을 지울 수 있었던

그는 자신을 따라다니던
수십 년 된 미망을

어느 한순간에 지울 수 있었다
집을 나와 헤매 다닌 삼십 년 만에

섬에서 잡히지 않는 건
욕망이요
잡히는 건 허망한 바람이
라더니
무인도에는 끼룩 끼 끼룩

길 잃은 갈매기뿐

6부

분수대

분수는 화살을 쏘고 있다
수를 셀 수도 없을 만큼 많은 살

나는 창으로 우선 그 물방울을 찌른다

정오에서 두 시 사이에
가장 강한 빛을 발하는 햇빛 창으로

또다시 그 물길을 해뜨리면

분수는 순교자 이차돈처럼
흰 피를 쉼 없이 뿜어낸다

그러다 어느 순간 움츠린 몸을 펼 때
다시 시작하는 순간을 통해 봤다

흰 포말들의 또 다른 모습인
헝클어진 감정을 끊어내려는 몸부림을

참자

참게 되면 참을 수 없는 일이란 없다
참고 또 참아내다 보면 스스로 깨우쳐 알게 된다

참을 수 없는 일까지도 참아내게 됨을
그가 몇 대 성인인지 알 길이 없기는 하다만

우리 곁에 가깝게 와 계셨던
참자야 말로 가장 위대한 성인이다

참음으로 모든 것을 무리 없이 이뤄낸
공자 맹자 퇴계와 율곡이 찾아와 고개 숙인

우리 곁 가장 가까운 곳에 계시는
선지자는 자신의 고향에서 인정받지 못한다고 하지만

그럼에도 불구하고 오늘은 그 분을 찾아뵙자
누구나 될 수 있는

그러나 그 누구도 그 경지에 이르기 힘든 성인
참자

섬

281

섬에서 잡히지 않는 건

욕망이요

잡히는 건 허망한 바람이라더니

무인도에는 끼룩 끼 끼룩

길 잃은 갈매기뿐이다.

돌무지

잔 돌멩이 큰 돌멩이 세상 모든 돌멩이를 내게 던져라
그들 모두가

내던진 돌멩이 묵묵히 선 채로

머리가 깨지고 코뼈 부러진다고 하여도 피하지 않고

돌멩이를 맞으리

그들이 내게 던진 속이 터질 것 같은 분노와 비난을

거둘 수만 있다면

돌멩이를 끌어안고서 돌무지에 묻혀도 좋을 것 같다

金永植

283

비늘을 번득이는 휘황한 물고기들
물감으로 으깨 놓은

북녘 바다를 힘차게 헤엄치면

그 날개가 하늘 가득 드리운 구름과 같다는
莊子에서 본 鯤이라 불리는 물고기가

鵬이 된 걸까

둥근 지구를 닮은 어항에서 노닐다 튀어나온
황금 빛 물고기 한 마리 두 마리 세 마리 네 마리

구만리장천을 향해 꼬리지느러미를 움직이려는 찰나
드넓은 하늘 바다는 깊이를 측량할 수 없는 彼岸이다

그저 물고기들을 망연히 바라볼 수밖에

실체

뭔가 짜르르 강하게 찌르는 것 같은 통증에
예감했다

무언가가 다가오고 있음을
그 실체가 무엇인지

확연히 잡히지는 않았지만 느낄 수는 있었다
자극이 감촉되다

뜬금없이 다가온
기쁨으로 인해 벅찬 희열을 만날 수 있게 한

빠르게 오지도 않았지만
그렇다고 해서 늦게 온 것도 아닌

소리

욕심

285

말이 많아도 욕을 먹고
말이 적어도 욕을 먹고

말이 없어도 욕을 먹는

이리저리 다니면서
욕을 잔뜩 먹었더니

배가 부르다

실컷 먹은 욕 때문에
이미 부른 배

배를 퉁퉁 두드리며
이 배를 어이 할꼬

마음 볕

창가에 싸라기 같은 볕뉘 보인다

톡톡 손톱 끝으로 눌러 죽이던 서캐처럼
흰 볕뉘

방 안 가득 은싸라기 흩뿌릴 때
옅은 그리움에 젖어 꾹꾹 눌러본다

으르릉 거리며 이빨을 드러내지도 못하는
볕뉘

엄지손톱 위 올려놓고

원무

287

반짝이는 햇볕 아래
동그라미를 그린

해바라기를 바라보던 순간

어디론가 빠르게 몸을 숨긴
물표범나비

둥근 원 허공에 그리며

혼자서 날아간
저 나비는 이미 원이 된 걸까

물질이 사그라져 공이 되면 공만 보이지
물질은 보이지 않는다

날씬한 비

프라이팬 위에서 티티딕
달착지근하게 볶아지듯

후끈하게 달궈진
양철 지붕을 때리는

진한 양파 향처럼
코끝을 찌르며

푸른빛을 살짝 드러낸
비

331

댕기

289

메뚜기 뛰는 소리 끄덕끄덕 방아깨비
저 들녘 넉넉함으로

아득한 바람 눈부신 햇살
바람이 바람을 움직여 휘이잉 끌고 가는

이제 다 비웠구나
적요함으로

心遊

섬을 띄우고 싶다
종이배 접어

강물 위 띄우듯
오밀조밀 들어찬

섬들을 떼어내
툭 트인 바다로

띄워 보내고 싶다

서해

291

바다 위 떠 있는 둥두렷 노란 달

힘차게 하늘을 날아오르던 새

그 발톱에 달빛이 찍혀들어

발톱에 꿰인 어어 허 달덩이

달과 함께 하가닥

잔잔한 바다

그 수면 아래로 꼴깍 잠긴 새

늦게 익은 붉은 열매

붉은 열매가 익었을까
열매 익었다고 한다

오랜 시간 기다린 뒤
옆집 담장 아래
매우 잘 익었다고 한

눈이 내린다
늦게 익은 붉은 열매 덮으며
늦도록 내리는 눈

흰 눈과 붉은 열매 함께 따
입 안에 쏙 넣어보자

양평에서

계곡에서 발 씻으며 함께 놀았던 새
오래 전 살려 보낸 해오라기 한 마리

나뭇가지 위에서 긴 부리로 어둠을 쪼기에
어슬렁어슬렁 다가가

그 부리에 달빛을 걸어 놓고

계곡에서 괴 벗고 텀벙이던 기억을 떠올리며
향기가 들큼히 밴 술동이 파내 술을 마셨다

달빛 쏟아지는 오동나무 아래에서
벗과 함께 흠뻑 취하도록 술을 마셨네

고향

먼 바다를 향해 나갔다
양양 남대천으로 돌아온

커다란 연어처럼
다시 되돌아가게 될

살구나무 우물이 있는
그 곳.

하늘 강

집을 띄웠다 하늘 강에 띄운 집
집채로 하늘을 저었더니

비는 나비와 닮아 있다
물결나비 등 같은 빗줄기 잡아타고

어제 내리신 그제 내린 빗줄기를 모아
벽우에 띄웠더니

시 레 솔 시 레 솔
강물 흐르는 소리를 듣고 있는 개나리도

귀를 쫑긋 세운 채 벽천을 향해
고개를 들고 있다

破顔

남자가 운다 느티나무 뒤에서
여자도 운다 회화나무 뒤에서

남자가 어깨를 들썩이며 우는 모습을 본 뒤
또 다른 남자가 따라서 울고 있다

여자가 훌쩍거리며 운다 그 모습을 본 뒤에
또 다른 여자도 따라서 운다

울음은 울음보를 줄줄이 터뜨리는 걸까 울음을 본 뒤
눈물을 떨어뜨리는 수많은 남자와 여자를 봤다

고달픈 삶의 무게 때문인 걸까
온몸의 근육을 무력화 시키며 울음을 멈추지 못하는
그들

어쩌다 한 번이라도 환하게 웃을 수는 없는 걸까

능금

부끄러움을 모르는
정말 모르는 듯

눈을 찌를 것 같은 햇살 아래
몸을 비시시 비틀고 서 있는

수치심과는 관계없다는 듯

온갖 사물들을 그 몸짓 하나로
녹일 것처럼

해사한 몸뚱이 드러낸 나무

東方賢子

다리를 절뚝이며 주점 앞으로 다가와
손바닥을 모아 두 팔을 내밀며

온몸으로 구걸을 해대는 야릇한 몸짓에
술잔과 들고 있던 육포를 내려놓은 뒤

일원 오원 꼬깃꼬깃 십 원짜리 위안화 건네줬더니

뒤돌아서며 지전을 헤아린 뒤
어깨 쫙 펴고서 왔던 길 당당하게 되돌아가던

힘찬 그 걸음에 배꼽이 빠지도록 웃을 수밖에 없었던
딸랑이 소리 앞세운 다각 다가닥 마차가 지나다니는

실크로드 여행 길 투르판 야시장 골목에서 만났던 사내
그날 밤 우리 일행은 현대판 기적을 본 걸까

大圓居士

갈 곳 몰라 불안감에 시달리다
그를 찾은 내게 길을 제시해준

전 재산이 방 한 칸에 부엌 한 칸이 전부인
거사를 통해 나는 새로운 길을 찾았다

끝없이 방황하던 내게
나 자신이 서 있는 위치가 어디쯤인지 가르쳐 준

갈대로 지붕을 올리고
황토로 벽을 바른 오두막집에서 살고 있는

그를 생각하게 되면 두려움 없이 삶을 지킬 수 있다
불안함을 털어내고

이영유

그를 보낸 뒤
그가 지워지지 않았다

그가 떠난 뒤 가슴을 찌르는
이 막막함은 무얼까

그가 그려지지 않아

이젠 그를 그리지 않는다
가슴속 새겨 넣은

지워지지 않는 그

瑞雪

301

누가 먼저 일어나

앞마당을 쓰는 걸까

혼곤한 마음을 쓸어내는 소리

혼자 듣누나

관심

302

깊고도 아주 넓어
측량할 수 없는 우주 공간

어딘가 실재하고 있는
아니 존재하고 있지 않은

또 다른 나의 몸
아님 그의 분신은 어디에

무겁고도 시큼한 냄새에 젖은
그것들을 찾아 나섰다

궁금함을 참지 못해
멀고도 먼 길을 나섰다

美人圖

303

혜원 신윤복의 미인도 앞에 앉아

그윽한 목소리로 그녀를 부르면

명매기걸음 같은 보폭으로 다가와

내 앞에 놓인 주안상 옆에 앉아

다소곳이 술을 따라 올리니

한 잔 술에 두 잔 술 이어서 세 잔

목구멍 깊숙이 넘기고 또 넘기다

이 봄에는 친구들 모두 이곳으로 초대해

술상을 차려 놓고 흥겹게 놀고 싶다

인수봉

저 산 우람한 바위는

바라보게 되면
황홀한 그 빛에 눈이 멀고

이내 귀가 멀 것만 같다
황홀함과 거룩함이

동시에 전해지는
북한산에 우뚝 선 바위를

계속해서 살펴보게 되면
귀가 먹먹하다

그 기운에

용담 못

305

하늘보다 푸른 빛 용담 못

그것들 모두를 가방에 넣고 나왔다

전라도 땅 담양 근처 어디쯤이었을까

대나무가 불어준 피리 소리를 가슴에 담았다

어디선가 운다 우는 소리

발자국 소리에 놀란 노루가 급하게 몸을 감추는

소리

죽림에서 들린다

돌 해태

306

지난 번 생이었을까 지지난 번

아님 더 오래 전 생이었을까

돌 해태 옆에 누워 녹 슨 동종을 천년 동안 지키며

오직 네가 오기만을 기다린 뒤

우리 다시 이제야 만났으니

이끼 낀 돌 해태 아래 누워 돌 해태 발목을 잡은 채

오랜 시간 그대를 향한 갈망을 끊지 못한 내게

일백 팔 개 돌계단으로 이뤄진 계단을 밟고서 오라

계단 아래 모든 이들을 불러들여

백자 매화무늬 병

307

무게 중심이 몸채 아래쪽에 놓인
푸르스름한 백색을 띤

백자 매화무늬 병을 바라보다 침을 꿀꺽 삼켰다

홍매화인가 백매화인가 그 안은 화창한 봄이다
이제 막 절정을 향해 치닫고 있는

그 병을 매만지면 꽃향내 코끝을 찌를 것 같은
백자 매화무늬 긴 가지 양각으로 표현해낸

푸르스름 백색을 띤 꽃병을 바라보게 되면
온몸이 근질거려

한밤인데도 불구하고 밖으로 냅다 뛰쳐나가
가슴에 봄바람을 한껏 쐐야만 할 것 같다

남쪽들에서

햇빛이 참 좋다 이런 날엔

돌담 아래 그늘을 걷어낸 뒤

오목 렌즈에 빛을 담아

강렬한 빛을 쏘고 싶다

오 척 단신 작은 키

사촌조카 그 발걸음에

환한 빛이 돼

길을 열어 주고 싶다

江
309

죽창을 내리 꽂아
팔뚝만한 잉어를 잡으려 했더니

희번득 물고기 비늘만

샛노란 달덩이 강물 위 떠 있는 달빛만 찌그러져
사부당사부당 뱃전 위에서

아우가 따라준 탁주만 몇 사발 비웠네.

正念

310

없음에서
바로 나타나기도 하고

있음에서
홀연히 사라지기도 하는

시작과 끝이 생사를 관통하여
하나와 같다면

어찌 궁구할 건가
잡념이 없이 편안해야 한다

소우주

311

작은 그릇이든 큰 그릇이든
서로 다른 그릇을 비운 뒤에는

채워야 한다

그런 뒤 높은 산과 바다에
내 몸을 일치 시켜

충만한 기운을 받아들여야 한다

그것들이 바로 우주인 까닭에
이 몸도 소우주다

妙音

⑨ 312

작은 오솔길로 들어서니
모든 진리는 따로 없다고 한 말씀이

귀에 와 꽂히는 삼각산을 오르다 보면
새가 운다

어떤 새가 우는 걸까

작살나무와 다릅나무 위
가지들을 옮겨 다니며 딱새가 운다

우는 새는 울게 놔둔 채

그 대로 산을 오르면
계곡엔 버들치 날도래 가재 산개구리가 논다

산과 물은 그대로 변함없다

그뿐인 것을

313

무언가를 이루겠다고 한다

모르는 그 무언가를 이루겠다고
나서는 이들을 바라보다

이루겠다는 그 것이
무엇인지도 모르는 채

앞으로 나서겠다는
그들을 본 뒤

몸으로 깨져봐야만 안다고 생각했다
그뿐이다

그 사내

마지노선이란 무엇인가
그것이 없다고

금을 그은 사내는

지금도 넘치는 의욕으로 인해
피곤함을 모른다

한계를 인정 하는 날이 올까
내심 그것이 궁금하다

왜 그는 동사형 인간이기에

골목 길 옆 감나무

골목길을 걷다 한쪽에서
발그레한 알전구를 켜들고 선

하나 셋 열 서른 마흔 세다 말고 바라본

별빛과 달빛을 모두 다 끌어내려
마당을 밝힌다고 하여도

감나무가 내뿜는
그 실한 가지에 매달린

노란 알전구 불빛만 할 것인가

울지 않는 아이

배가 고파도 밥 달라고 말할
부모가 없는

반 지하 사글세방에서 찜질방과 공원으로 내몰린

그러다 혼자 남아 공원에서 잠을 자며
엄마 아빠를 기다리는

부모에게까지 버림을 받았다는
깊은 상처 때문에

눈물샘이 막혀 울지도 못하는

슬픈 눈빛으로 내 가슴을 강하게 찌르던

울 줄도 모르는 아이 정우

믿음

317

딸이 대학 입시에 떨어진 뒤 마누라는 집을 나가고
병든 아버지마저

삶을 끝낸 올해는 그에게

그야말로 운수 대통이 아닌 종합세트로 운수불길을
받았던 해였던 것 같다

그래 그에게는 무자년 쥐띠 해인 올해가 바닥
불길한 운세들을 날려 보낸 그런 시간이 될 것이다

소처럼 우직한 그이기에

내년 기축 년엔 운세가 땅을 박차고 오를 것이다
그의 아버지와 조상님도 친구를 도울 것이다

나는 믿고 있다 이젠 즐거운 일들만 남아 있음을

난해한 글쓰기

몸이 무거워졌다 마음 또한 기력을 상실한 걸까

그러나 예서 말 수는 없다
희곡과 동화 그리고 장편소설을 책으로 펴낸 뒤

영 마뜩찮은 느낌이 내 가슴을 후벼 파기에

작품집을 펴내기가 무섭게 완성도가 높은 또 다른 작품을 위해
펜을 들어야만 한다

복선에서 반전까지 이번엔 조금 더 신중을 기해야 한다
문장을 면밀히 살펴 읽으며 다듬는 것까지도

글이란 탁구공처럼 어디로 튈지 모르기에

오늘도 나는 펜을 들었다 원고지가 금광이라도 되는 것처럼
금맥을 발견한 광부의 마음으로 펜을 들고 원고지를 판다

물론 모든 작품이 돈이 되는 건 아니다

못

319

작은 연못에 떠 있는

둥근 원 휘감아 도는

붉다 너무 붉어 주체 할 수 없는 힘

올해도 어김없이

복숭아꽃은 피었다

피고 지누나

바람에 흩날리는 꽃잎을 본다

그의 힘

세상 모든 사람들이 모르는 척 외면해도

제 갈길 가면 그뿐인 것을
뭘 알아주길 바랄까

그는 그런 마음이 담긴 글

일간지에서 오려낸 뒤
하루도 빠짐없이 읽고 있다

삼십년 전 어느 가을날부터

君子欲訥於言 而敏於行*

| *논어에 나오는 말로 군자는 말은 더듬지만 행동은 민첩하게 한다는 뜻

바보

321

요즘 나는

모른다는 사실 외에는
아는 게 없다

이 시간에도 도대체 모르겠다

40여 년 수행을 했건만
아는 게 없어

모른다고 할 수밖에 없는

과거에도 몰랐고 현재도 모르고

앞으로 다가올 미래도 모르는
나는 바보다

행복 카페

카페 창으로 들어오는 햇살에도
행복은 있다

그곳은 가깝게 아주 가까운 곳에 있다

멀리 있다고 생각하게 되면
휴복은 나 자신으로부터 멀어지게 된다

지나가는 사람들 얼굴
아니 그 어깨 위 내리는 햇살에도

흐뭇함은 있다

기쁘다고 생각하는 그 마음에 즐거움은 어느 순간
이미 와 있다

너와 나 아니 우리들 모두를 위해
문 앞에 와 있는 행우

정전

전원을 공급 받을 때만 반짝거리는

도심 야경이

빛을 발할 때만

활짝 필 꽃을 향해

어둡고도 무거운 발걸음을 옮긴다

어디론가 푹 꺼져버린

사라진 불꽃을 향해

가출

무게를 느낄 수 없는 가벼운 말

무게를 느낄 수밖에 없는 무거운 말

험악한 네 말로 인해

새장 속 갇힌 한 마리 새

새장이 열린 뒤 하늘로 날아갔다

한밤중이 아닌 새하얀 새벽에

새는 날아갔다

돌아올 수 없는 그 길을

그녀는 그날 새벽에 떠났다

실재이유

강이 흐르면 저 강에선 빛이 난다

빛은 어디로 가는 걸까

강에게 물어야 할까 아님 빛에게

강도 모르고 빛도 모르는

그 어딘가를 향해 간다고

수면 위를 펄떡 차 오른

한 마리 잉어가 말했다

허공으로 강을 끌어올릴 기세로

무늬

326

나는 나 자신의 빛깔과 무늬로
나를 표현해온 걸까

아님 다른 사람의 빛깔과
무늬만을 쫓아한 걸까

나만의 빛과 무늬는
어디에서 찾을 수 있는 걸까

그 길을 간다

가고 있다
가는 중이다

얼룩진 영혼

사진을 찍었다 제대로 된 표정은
밝게 웃을 때 드러난 환한 얼굴이다

그렇지 않은 낯빛도 그와 그녀 모습이긴 매한가지

내가 갖고 있는 감광판에
적절한 수단으로 변형효과를 만들어 낸 뒤 현상을 했다

마음이 웃고 있을 땐 웃는 모습
우울할 때면

판에 나타난 상은 이미 얼룩져 있다

유황과 비슷한 그 어떤 성분으로도
세척할 수가 없는

영혼은 숨길 수 없는 걸까

사이

십일 억 팔 천 만 마리 날벌레 파득이는

먼 울림에

한 눈금 두 눈금 그 시를 툭 놔주면

하늘로 천천히 날아오른 붉은뺨맷새

일분일초 한 시간 두 시간

시간을 끊어먹는 새가 보인다

사이로 보이는 새

사마귀 한 마리
느릿느릿 기어간다
아무도 보는 이
없고

매미만 우는
괴괴한 여름 숲

7부

사채업자

전직 은행원인 김 씨는 자신이 빠져나갈 구멍은
교묘하게 만들어 놓고

일본계 자금력으로
시장에서 사채업자 애꾸 박을 과감히 쳐냈다

그런 뒤 곧바로 어깨들을 사주해
또 다른 업자인 정 씨마저 거칠게 내쫓았다

급전이 필요한 골목상인들을 위한다는 명분 아래

자신이 오래 전부터 주도면밀히 준비한
선이자와 각종수수료 명목으로 매우 잔인하게 돈을
뜯어가는

고금리 일수대출업으로
사업을 시작했다

감옥

화분에서 꽃을 피운 철쭉은 답답하다

어항에서 금빛지느러미 꿈틀거리며

헤엄치는 금붕어도 매한가지다

지구에 살고 있는

모든 동식물들도 공감할까

그렇다 지구는 거대한 감옥이다

여름 숲

사마귀 한 마리

느릿느릿 기어간다

아무도 보는 이

 없고

매미만 우는
괴괴한 여름 숲

찐빵

332

몰라요 모르겠습니다
그것이 왜 부풀어 오르는지

몰라요 정말 몰라요

둥글게 부풀어 오르는 이유를

왜 내게 묻습니까
몰라요 저는 몰라요

정말로 모른다니까요

반으로 확 갈라 입에 넣었습니다
달콤한 팥 향이

입 안에 가득한 찐빵

푸른 빛

먼 곳에서 파란 빛을 발하는

해질 때 산허리에 걸린 태양은

그저 바라보기만 해도

숨이 터억 턱 막힌다

저 빛은 초원에서 숨을 거둔

늑대의 푸른 빛 혼을 닮았다

사람을 죽일 것만 같았던

빛

숲길에서

나물 캐는 할머니와
쑥국새 우는 소리

그 뒤를 따라 관목 숲 우거진
숲 그늘로 들어서니

어미 소 한 마리
새끼소와 함께

아저씨 발걸음 좇아 간 뒤

나 혼자 남았다

으늑한
숲길에

지루한 오후

335

미루나무 그림자가 해를 야금야금 먹어치운다

해가 미루나무 그림자를 토막토막 잘라 먹는다

해가 미루나무 그림자를 미루나무 그림자가 해

씹었다 다시 뱉었다 그러다 그림자 바로 사라졌다

음음적막한 기운이 감도는 그림자를 끊어내지 못하는

오후에

뛰던 걸음 멈춰 선 채

여름 땡볕 피해 모두가 떠난 걸까

만물이 일순간 멈춰선 듯 고요히

철로가 봉선화 채송화는 어디로 다 사라진 걸까

꽃들도 보이지 않고

기차 그 기적 소리도 들리지 않는

그러다 바람을 가르며 기차는 오고 간다

역 앞에 내려선 지팡이 든 노인네

굽은 등처럼 이어진 철길을 따라

기적 소리와 관계없이 기차는 오고 간다

보릿고개

쑥을 뜯다 소가 짧게 우는 소리

그 울음소리를 듣고
풀밭 위 노는 소꼬리를 잡으려다

밉광스런 울음소리를 먹었다

풀밭 위에서
소가 먹는 풀을 뜯으려다

풀 틈에 낀 작은 쑥들을 뜯다

풀숲 옆 붉은 진달래 노란 개나리
울음소리를 뜯어 먹었다

허기와 함께

호박
338

누런 호박꽃 무리 지어 피어난
밭두둑을 걸어가면

그 줄기 아래 매달린 탐스런 호박

뚝 떼어내
송송 썰어서

새우젓으로 간을 맞춘

입 안에서 침이 도는
숙모가 끓여준 찌개

다시 한 번 먹고 싶다

꽃밭과 풀밭

339

꽃밭에는 벌 세 마리 풀밭엔 나비 두 마리
세 마리가 날아갔다 두 마리도 날아갔다

세 마리는 횡으로 날아가고
두 마리는 종으로 날아갔다
꽃밭에서 날아간 벌 세 마리
풀밭에서 날아간 나비 두 마리

꽃밭과 풀밭에서 벗어나기 위해
벌 세 마리와 나비 두 마리는
꽃밭과 풀밭을 버리고 날아갔다

서울역에서 만난 노숙자가 된
집 나가 소식 없던 고향 친구처럼
세 마리 벌과 두 마리 나비도 집을 버렸다

풍경으로 남은 꽃

340

오늘 둑길을 헤맸으나
보이지 않는 꽃

꽃들이 보내는
무수한 마음을 받기 위해

그 길을 걸었지만

삼년 전에도 봤고 오년 전에도 본
그러나 이젠 보이지 않는 꽃들에게

마음을 전하기 위해 둑길을 찾았으나
훌쩍 떠나버린 간이역 기차처럼

기억 속 풍경으로만 남은 꽃

무명 시인

341

논두렁과 밭고랑에 앉아
막걸리 한 사발에 흥에 겨워 부르고

쟁기질을 하다가
소를 끌고 나가며 어여여 어여

구슬땀을 흘리며 소와 함께 부르는
노래는 노래가 아닌 걸까

아코디언 반주에 따라 멋지게 차려 입은
네가 부르는 노래 그 노래만 노래여야 하는 가

새참 시간에 잠시 모여 앉아 상큼한 들녘바람에
땀방울을 식히며 부르는 노래는

정녕 노래가 아닌 건가

봄밤

느닷없이 머리통을 때려 마구 흔들어 놓는
황홀감이란 이런 걸까

누렇게 말라가던 목련나무 갑자기 생기를 되찾는
네 안에 찾아든 활기찬 기운을 느껴보라

빛에 노출된 인화지처럼
한꺼번에 일제히 피어올라 격렬히 몸을 태운

날카로운 병 조각 끝으로 손등을 주욱 그은 것 같은
아 봄밤이다

꽃들은 제 몸을 불사르고 있다

들리지 않는 노래

343

무거운 눈꺼풀 차가운 물에 담그니
누군가 노래를 부르다

시퍼런 칼날 위에 맨발로 올라서서 작두춤을 추려는 건가

흐르 르르 라르 르 르 르 무슨 노래일까 귀 기울여봤으나
어디선가 들어 본 얼른 떠오르지 않고 그냥 맴돌기만 하는

아이들 떠드는 소리 라일락 산당화 현호색 남쪽에서
부는 바람
따뜻한 바람에 잔가지 흔들려 깨어 우는 새

그것들이 토닥토닥 놀고 있는 걸까

아내는 누워 자고 쌔근쌔근 아들도 곤히 자는
삐뚜름히 앉았다가 스르르 잠깐을 길게 졸았더니

알싸한 흙냄새에 쑥 두릅 냉이가 걸어 나와
흐르는 물 위를 팀벙팀벙 넘나들며 낮게 노래를 부르는 걸까

노래에 노래를 계속 이어서 부른다고 하여도 들리지 않는
아내가 누워 자고 아들도 곤히 자는 일요일 오후에

자울자울 물소리에 섞여 든 노래
새 소리인가 물소리인가 들리지 않는다

588

344

골라 보지
골라 봐

진열창 안 사기그릇들을

골라 보지
골라 봐

구경만 말고

골라 보지
골라 봐

흐흐 흑

기쁜 날

코를 얻어서 오늘은 기쁘다
사내아이 코도 계집아이 코도 아닌

그 어떤 남자 코

귀를 얻어서 오늘은 기쁘다
사내아이 귀도 계집아이 귀도 아닌

그 어떤 여자 귀

귀걸이를 걸 수 있는 귀
코걸이를 걸 수 있는 코

그것들을 취한 오늘은 귀하고도 기쁜 날

잡아먹었다

고양이를 먹었다
개도 잡아먹었다

온 동네 개와 고양이

고양이 울지 않게
개도 짖지 못하게

고요한 밤에
그것들 모두를 잡아먹었다

삼라만상을
달빛과 별빛이

청동거울

안에 걸린 유리 거울
밖에 걸린 청동 거울

안으로 들어온
밖으로 걸어 나간

안과 밖 안이 밖으로 나가고
밖이 안으로 들어온

경계가 없는

거울에 반사된 그 빛은
안이 밖이고 밖이 안인지

어디로 튀어 나갈까
눈부신 그 빛은 종잡을 수 없다

눈 그친 새벽에

눈이 갠 앞뜰에는 별빛이 매우 차갑고

산자락 아래 엎드린 산사엔 새벽바람이 맵다

일찍 일어나 따뜻한 차 한 잔에 경을 읽으려니

누군가 먼저 깨어 일어나 오도송을 읊는 건가

마음을 찌르는 그 소리 가슴에 새긴다.

희망

저기 저 보도블록 아래 납작하게
엎드려 뒹구는 민들레꽃들에게서

짧은 슬픔과 빛나는 기쁨을
밥도 아닌 빵도 아닌

그런 것들에게서
느낄 수 있다니

그래 꽃이다 노란 민들레꽃들에게서

슬픔과 기쁨이 뒤섞인
빛을 느낀다

희망이란 힘

395

뱀섬

젖무덤처럼 불쑥 솟아오른 섬
떠 있다 바다 위 둥싯 떠 있지만

흔들리지도 움직이지도 않는

그래 섬이다
섬이 좋으면 섬

알록달록 뱀들이 기어다니는

섬이다

완벽한 빛

겹쳐지거나 흔들리지도 않고

모든 사물이 아주 또렷하게 드러나 있는 빛띠
왼쪽에서 또는 오른쪽 그 앞과 뒤에서

배나무 꽃잎과 살구나무 그리고 복숭아나무 꽃잎들
그 하나하나를 한 번에 느꼈으며

무진장 날리는 꽃잎들을 빠뜨리지 않고 모두 다
하나 속에 모든 것이 모두 속에 하나가

모든 것이 하나이고 하나가 모든 것인 꽃잎을
나는 그곳에 선 채로 봤다

수백 수천만 겹으로 에워 싼 봄 햇살 움직임을

네 안에 핀 봄

안에 네 안에 오래 기다린

봄이 왔다

슬며시 뜰 안으로 들어온

봄은 간질임처럼 왔다

싸늘함을 녹이고

노곤한 하품과 함께

정원 깊은 곳으로 온

파릇파릇한 힘 네 안에 돋아났다

복사꽃 봄이다

째깍째깍 시간이 밀어내는

복사꽃 분홍 잎

연분홍 입술로 재잘거리는 봄이다

온갖 꽃들이 저마다 시샘하며 피어나고

399

개구리 울음처럼 시끄럽게 다가오는

봄은 언제나 부산스럽다

암호

354

투명한 병과 탁한 병 투명하지도 탁하지도 않은 병
시든 꽃과 시들지 않은 꽃들과

손을 대고 싶은 꽃과 손을 전혀 대고 싶지 않은 사이
미친놈처럼 마구 웃었다 아니 울었다 미친년처럼

400

그러다 강아지와 습기 찬 화실을 기억한다
너를 본 순간 매양 그런 건 아니지만 그런 생각이 들
었다

나는 나를 지워야 했고 너 역시 반드시 지워져야 했다

아지랑이

가깝다 아주 가까운 곳에 있다
어딘가에서 꿈틀거리는

하얀 소리 검정 소리 빨간 소리 노란 소리
파란 소리

의자 뒤에 숨어 있다
손톱을 드러냈다 발톱도 드러냈다

그러다 그것들은 파랗게 타버렸다

중얼거리는 소리는 백색이다
흰빛 뒤에 서 있는 소리

빛을 열고 한 걸음 들어섰다
두 걸음 세 걸음 네 걸음 들어가 본다

느끼기 위해

꽃 다방

다방 입니다
꽃 다방의 늙은 꽃이랍니다

한 때는 호시절도 있었지요
그러나 지금 그 많던 나비는

어디로 다 날아가 버린 건지
종일토록 혼자 앉아

빈 꽃밭을 지키는 신세랍니다

적막함으로

오늘도 하루해가 저뭅니다.
변방으로 밀려난 삶은 이런 건가요

날

357

가슴을 베였다
그녀가 바라본 산수유 노란 꽃망울에

가슴을 베였다
산수유 노란 꽃망울을 바라보는 그녀에게

가슴을 베였다
순간 반짝하고 튄 어디로 튈지 모르는 봄날에

가슴을 베였다
그녀를 바라보다 깊게 파인 그 서늘한 눈빛을 좇다

가슴을 베였다
그녀가 바라보던 먼 하늘에

요절

358

하늘에 떠 있는
둥근 달빛이 지는 모습

보지 말자

명을 다하지 못한 채

숨을 거둔 어여쁜 여인을

보지 말자

꽃나무 위 핀
저 꽃잎들까지도

팔월

물은 검푸른 칼날이다
물이 위에서 아래로

칼집에 든 칼날을 빼내
이얍 내리치면

물소리 그 물 흐름은
일순 모든 것을 베어낸다

물은 칼집에서 뺀
시퍼런 칼날이다

덕구 계곡
형제 폭포는 그렇다

쑥떡

360

쑥떡거리는 그들 옆에서 쑥떡을 먹었다

밀가루 반죽 치대 밥솥에 넣고 찐
개떡도 먹었다

쑥떡 같은 인생이다 개떡 같은 삶이다

그렇게 말하는 이들도 있지만

쑥떡은 귀하다 개떡도 귀하다

지나간 시간은 귀하다
모든 것들이 다

지나고 나면 추억이 된다

개구리

한 마리가 뛴다 팔딱
두 마리가 뛴다

세 마리 네 마리 다섯 여섯 마리가

6자 7자 8자 9자 모양으로

펄떡 뛴다
논물에서 못물로 뛴다

뛰고 있다

사연

늙었으니까

그래 이제 우리 늙었으니까

다시 만나자

만나서

그동안 못한

긴 이야기를 나누자

그럴 수 있을까

기린

예쁜 목
허리

늘씬한 다리
발톱

깊은 눈
어여쁜 귀

황홀하다
바라보게 되면

방황

364

남자는 다리가 없고 여자는 머리가 없다

남자는 가슴이 없고 여자는 귀가 없다

그런 여자와 남자가 함께 있다

그 둘을 그림자가 핥고 있다

고궁 담장 뒤에 비친 남과 여의 그림자

햇빛은 서두르지 않고 천천히 혓바닥을 날름거리고
있다

도심 건물을 넘나들며

시인증명

지상 위 모든 건 반드시 없어진다
시나브로 사라지고 있다

그러나 나는 남았다

쉼 없이 파지를 날리며 살아 있음을
스스로 입증하기 위해 쓴다

그런 뒤 읽었고 냄새를 맡았다
생물과 무생물들이 교감하는 소리

묵호 선술집과 시립 도서관
24시간 편의점인 은빛나라에서

시학과 왕유를 읽은 뒤
나는 살아 있다고 쓴다

지금 이 시간에도
삶을 증명하기 위해

시공장 공장장의 광기(狂氣)와 집념(執念)

고정욱 (소설가, 문학박사)

고 이영유 시인은 시 한 편을 완성하기 위해 집 담벼락과 화장실, 그리고 사무실에 자신의 시를 눈에 잘 띄게 붙여 놓았다고 한다. 그리고 집과 사무실을 오고 가면서 그 한 편의 시를 수시로 읽고 고쳤다고 한다. 그렇게 몇 년을 거쳐 시 한 편을 수없이 고쳐 완성한 그는 진정한 장인이라 이를 만하다. 수십, 수백 번을 보고 고치며 다듬은 시의 형용할 수 없는 아름다움은 언어 예술의 극치일 것이다.

모든 경우의 수를 일일이 점검하여, 비판의 날카로운 시각을 비껴갈 수 있는 한 편의 걸작을 만들어 내는 행위는 이얼마나 아름다운가.

그래서 시인들은 과작(寡作)을 할 수밖에 없다. 짧은 언어를 엮어 빛나는 보석을 만드는 것이 어찌 그리 쉽단 말인가. 예술은 그래서 과작일 수밖에 없고 하나하나가 완성이다. 그 하나하나의 완성을 위해 예술가들은 온몸을 바친다.

목숨을 거는 것이다. 그러나 왜 꼭 그래야 하나?

강만수 시인의 〈앤디 워홀 詩 365〉를 받아 보며 나는 그러한 기존의 통념이 깨지는 것을 느꼈다.

그는 시집을 통해 시 365편을 하루에 한 편씩, 1년 내내 읽으라고 말한다. 매일 한 편의 시를 읽는 삶, 그것은 또 얼마나 새롭고 신선한가.

우리가 늘 내뱉는 언어, 말들을 정제하여 한 편의 시를 읽고 하루를 시작한다는 것은 아침 식탁에 아름다운 장미 한 송이가 올라와 있는 것과 마찬가지이리라. 농원에 가면 수천, 수십만 송이 피어 있는 게 장미다.

매일 한 송이씩 꺾어 테이블에 올리는 것이 뭐가 그리 어렵겠는가. 별거 아니다.

하지만 시를 장미 송이처럼 매일 하나씩 테이블 위에 올려놓을 수 있는 사람은 몇이나 될까.

그의 시작(詩作)들을 살피며 나는 팝아트의 선구자 앤디 워홀을 떠올리지 않을 수 없다.

영상과 예술의 경계를 해체시키고 무한 복제를 가능하게 한 앤디 워홀. 그는 늘 '사업하는 것이 가장 멋진 예술'이라고 주창했다. 화가들이 한 편의 작품을 그리고 작품 하나하나에 목숨 거는 풍조를 그는 비웃었다.

그는 공장에서 찍어내듯, 자신의 작품을 복사해서 예술품으로 팔기로 했다. 이건 누구도 하지 못한 생각이었지만 그는 해냈다. 아주 일상적인 작품들을 대량으로 찍어냈다. 대중문화의 속성을 영리하게 이용하여, 현대 미술의 새로운 패러다임을 탄생시킨 것이다. 무엇이든 처음 시도한 자가 그 모든 영광을 갖는 법.

강만수 시인은 이미 파격적인 발상으로 우리들에게 다가온 시인이다.

1993년 첫 시집 〈가난한 천사〉에서 63편의 시를 담은 그는, 오랜 시간 동안 침묵하기도 했다.

하지만 오십 초반에 〈시공장 공장장〉을 2010년께 상재한 후 100편 넘는 시를 등재한 시집들을 한 해에 두 권씩 연속으로 발간하며 경이로움을 불러 일으켰다. 대개의 시집이 한 권에 6,70편 내외의 시로 구성된 것과 달리 그의 시집은 한 권에 백 편 이상, 심지어는 121편 〈獨坐礪山〉이었다.

보는 이들로 하여금 경악을 금치 못하게 했던 그의 놀라운 창작 욕구는 결국 이 시집 〈앤디 워홀 詩 365〉에서 터져나왔다.

정확하게 그는 어느 지면에도 발표하지 않은 365편의 미발표 신작시를 이 시집에 등재했다.

이로써 1000편이 넘는 자신의 시를 가지고 있는 몇 안 되는 시인의 반열에 그는 올라섰다. 그의 시를 살펴본다.

앤디 워홀

쩌거덕쩌거덕 라일락 산수유 진달래 봄꽃 공장에서
벨트컨베이어 위 생산돼 나오는 작찬 봄꽃들을
바라보다

분홍빛에 노란빛과 푸른빛 풀어 채색한
그 색에 따라 향이 달라지는 빛깔을 본 뒤

봄날 제작 공정표에 따라 꽃대를 밀어 올리는

코끝을 후벼 파는 진한 향 봄날 표 향수를 생산하면
겨드랑이와 목덜미에 칙칙 뿌려본다

봄이 찍어내는 은은한 그 향을 뿌리면
온 산이 온몸이 꽃향내에 젖어드는 봄이다

저 봄을 무제한 복제해 시장에 내다 팔아야겠다.
돈을 만드는 것이 예술이라고 한 앤디 워홀처럼

무진장한 새봄을 사업 밑천 삼아 최고의 예술을
실현하리라

봄을 무한복제 해 시장에 내다 팔겠다는 발칙함은 곧 시인의 발랄한 상상력이기도 하다.

무진장한 새봄이 재료라지만 인간은 공장이 아니다. 무한복제를 하는 것은 결국 시인 개인이 품을 들여 해야 할 일이기도 하다. 시 한 편 쓰기가 얼마나 고통스럽고 어려운지를 아는 사람들은 그의 건강을 염려했다.

그러나 그는 덤덤하게 말했다. 각고(刻苦)끝에 단번에 시를 써내려가는 비기를 어느 순간 터득한 건지?

그저 사물을 바라본 뒤 가슴을 툭 치기만 하면 그 안에서 생산된 시가 주루룩 쏟아져 나온다고 했다.

그러면서 시인이 시 쓰다 죽는 건 멋진 일이라고 빙긋 웃었다. 앤디 워홀 역시도 자신의 예술 작품을 위해 모든 시간을 투여하고 정열적으로 창작에 올인 했다.

그는 심지어 섹스 하는 시간조차도 낭비라고 여겼다. 그러면서 시간을 쪼개 끊임없이 자신의 작품을 만들었다.

아니 그는 삶 자체가 예술이었다. 카메라를 늘 가지고 다니며 일상을 닥치는 대로 찍었고 그것을 기록으로 남겼다.

개인적으로 강 시인과 나의 작은 에피소드가 떠오른다. 대학로에서 만나기로 한 그를 향해 자동차를 운전해 가는데, 길가 한쪽 구석에 쪼그려 앉아 무언가를 열심히 메모하고 있는 사내를 발견했다. 바로 그였다. 길거리를 지나는 수많은 사람들의 흐름 속에서 그는 주저앉아 자신만의 세계를 쉼 없이 만들고 있었다. 이렇듯 시작에 대한 집념과 강한 의지가 있었기에 천 편이 넘는 시를 보유하게 된 것이리라.

문학은 고통이고 아픔이다. 그러나 그 고통과 아픔조차도 무한 반복을 통해 무상한 것으로 만들 수 있고, 이를 통해 사람들에게 삶이 별 것 아님을 알려주는 것이 그의 의도인 걸까? 매일 한 편의 시를 읽으면 어떻고, 안 읽으면 어떻던가. 이미 그는 하루도 빠짐없이 수십 편의 시를 썼다가 지우길 늘 반복하고 있는데.

앤디 워홀은 수프 깡통을 그려서 코카콜라 그림과 함께 전시했다. 이것은 매일 일상에서 우리가 접하고 먹고 마시는, 그런 만큼 무심한 것들에 대한 언급이다. 어쩌면 그는 시에 대한 우리의 무관심을 시를 통해 조롱하고 있는지 모른다.

아무리 심혈을 기울여 역작을 발간해도 그 누구도 돌아보지 않는 현실. 모든 것을 돈으로 환산하는 현실.

대량 복제해야만 먹고 살 수 있는 현실. 이것이 산업사회 속 우리의 모습이다. 무한히 복제하고 퍼뜨리고 알리며 자신의 이익을 극대화하는 것.

그렇게 따진다면 시창작(詩創作)은 정말 경제성도 없고 효용성이 떨어지는 어리석은 짓이 아닐 수 없다.

그러한 현실에 시인은 조롱을 던진다. 그렇다면 나도 어디 한 번 무한복제해서 엄청난 양의 시를 쏟아내 보리라.

아물지 않는 상처를 후벼 파서 끊임없이 그 진물로 예술 작품을 만들 듯 매일 읽고도 넘칠 새로운 시들을 선사하리라.

처제

아토피성 피부염을 앓고 있는
처제가 팔 다리를 긁고 있다

피가 나도록 긁는다

새벽에도 자다가 깨어 일어나
가려움증을 견딜 수 없어 긁고 또 긁었다며

모기가 팔과 다리를 물어뜯은 것도 아닌데
눈물이 핑 돌아 나올 때까지

아무런 생각도 없이 긁고 또 긁어대다
편의점 아르바이트를 끝낸

건이가 방 안으로 들어온 것도 모른 채
사흘인지 나흘인지 밤낮을 잊고

온몸을 요즘도 여전히 긁어댄다는 그 말에
문득 技癢이란 말이 떠올랐다.

시인에게 시는 긁고 또 긁어도 시원치 않은 아토피 같은 것이다. 눈물이 핑 돌아 나올 때까지 긁어야만 한다.

덕분에 다작은 가능할지 모르나 감내(堪耐)할 수 없는 그 가려움증은 어쩔 것인가.

시인의 그런 시도 덕분에 우리는 한 권의 시집이 두툼한 단행본처럼 엮이는 보기 드문 경우를 만나게 되었다.

하지만 여전히 남는 숙제는 있다. 앤디 워홀의 그림은 무한 복제되어 무진장 팔려 나갔고 제 가격을 받았다.

그러나 그의 시는 과연 얼마에 팔릴 것인가. 자신을 극한까지 소모하고 모든 시간과 노력을 투여하며 보상은 변변히 기대하지도 않는 그의 예술세계는, 앤디 워홀도 감히 범접할 수 없는 광기와 집념의 놀라운 경지가 아니겠는가.